Best Time

白马时光

梁晓声

梁晓声近照

申卫星　摄

我还没上小学，是建筑工人的父亲就支援三线建设到大西北去了。退休前他一直调转于大西南、大西北，跟我们聚少离多。某年他来信说想我们了，母亲就带我们去照了这张照片寄给他。此照片后排左边是我，右边是哥哥，前排自然是三弟、四弟和小妹。我们穿上了夏季最好的衣服，而小妹穿的皮鞋是借的。

大约是 1965 年，父亲从四川回哈尔滨探亲，与我们五个儿女照了这一张照片。后排左二是我，左三是哥哥，他当时已经生病休学了。而我的母亲，因为当时没有一件能穿出门去照相的棉衣，就没有跟我们到市里去，所以我家至今没有一张“全家福”。

老父亲与我的合影。

老父亲与我、妻子、儿子合影。

这张照片是某一年应学生之邀，为校刊题词。

这是我与当年的知青战友多年后再相聚合影留念。

这是我的书房一角。

某年，我国香港记者来家中采访，中间是儿子。

我认为就中国的实际情况而言，文学对文化影响世道人心的使命，具有责无旁贷的义务。但人们对文学的要求是多种多样的。文学不可能也不应该自囿于某一种理念。囿于任何一种理念的文学，其结果必然是作茧自缚。但文化的生态园不论何等的多种多样，如果偏偏缺少为文化之沉重的使命而分担一点儿作用的文学，则这样文化的生态是遗憾显然的。

——节选自梁晓声在第十届茅盾文学奖颁奖礼上的获奖感言

路过你生命的每个人

梁晓声 著

天津出版传媒集团
百花文艺出版社

图书在版编目（CIP）数据

路过你生命的每个人 / 梁晓声著 . -- 天津 : 百花文艺出版社 , 2020.10
ISBN 978-7-5306-7945-6

Ⅰ . ①路… Ⅱ . ①梁… Ⅲ . ①随笔—作品集—中国—当代 Ⅳ . ① I267.1

中国版本图书馆 CIP 数据核字 (2020) 第 169156 号

路过你生命的每个人

LUGUO NI SHENGMING DE MEI GE REN

梁晓声 著

出 版 人：薛印胜
特约监制：王　瑜
特约策划：石　雯　　**封面设计：**林雨 | QQ: 450611716
责任编辑：胡晓童　　**特约编辑：**石　雯
出版发行：百花文艺出版社
地址：天津市和平区西康路 35 号　**邮编：**300051
电话传真：+86-22-23332651（发行部）
+86-22-23332656（总编室）
+86-22-23332478（邮购部）
网址：http://www.baihuawenyi.com
印刷：三河市兴博印务有限公司
开本：880 毫米 × 1230 毫米　1/32
字数：150 千字
印张：8.75
版次：2020 年 10 月第 1 版
印次：2020 年 10 月第 1 次印刷
定价：49.80 元

如有印装质量问题，请与三河市兴博印务有限公司联系调换
地址：河北省廊坊市三河市杨庄镇大窝头村西
电话：0316-5166530　　邮编：065299

自序

人与文学

文学的价值和意义，历来被从多方面进行过诠释。

有一位诗人这样说：“人的丰富多样就是文学的全部内容，也是它存在的意义。”

他便是1987年的诺贝尔文学奖得主约瑟夫·布罗茨基。

这句话并无高深之处，差不多便是“文学即人学”的另一种说法。我之所以引用，乃因很符合我自己对文学的理解。

布罗茨基是以诗歌作品获得诺奖的，但其散

文在西方却拥有更多的读者，也是因为他的散文写到了某些与众不同的人。

我曾对我的学生们一再强调：如果谁确实想要成为作家，那么须明白——归根结底，作家的笔除了写自己，还要写较多的他者给喜欢文学的人看。

作家在写自己的时候，其实也是在写他者，此时作家认为，自己便是一个“与众不同”的人，起码在经历上是这样。作家在写他者的时候，未尝不是在写自己，此时作家对笔下人物的好恶，一定程度上折射出了自己对多样性的人物的好恶，起码在人性上如此。

小说中的人大抵是虚构的，也大抵是有名有姓的，这是因为便于使读者了解他们。一般而言，我们很难始终不知道某个人的姓名却又特别了解某人。散文中的人物却很可能没有姓名，只有性别和性格，甚至连职业也不清楚，只不过是作家在某地、某时、某种情况之下关注的一个人物而已。

作家的这一种关注，折射出作家对社会的一度或一向的敏感，简言之，是作家情感倾向的一种反映。

这本散文集是年轻人编的，书名是他们起的。集中诸篇，有记录我自己断想和杂感的，也有写认识的和不认识的他者的。年轻的编辑们从我写的几百篇散文和杂文中选出他们喜欢的一些编成书并代为确定书名，折射出了他们的阅读感受。

而我在写这些散文和杂文时，往往会考虑读者能接受与否；也往往并不考虑，而仅是身为作家的“条件反射”或曰本能反应的记录而已。

但编辑们倾注心思编一本书，则是代为读者进行的工作，他们比作家本人更重视读者如何看待一部书。

坦率讲，我这样的作家，对“读者即上帝”的说法，已经并不全盘认同了。

但这句话，对于任何一位编辑，几乎都是不容忽视的。

那么，我真心代编者说——但愿读者喜欢！

我的感谢也体现在这句话里。

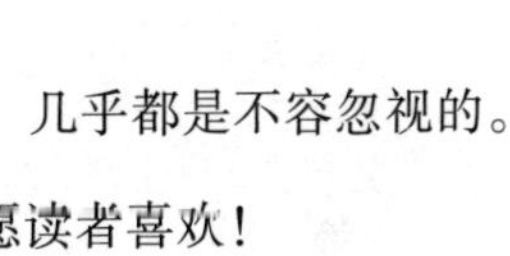

2020 年 3 月 15 日　北京

第一章

人世间有真情

我的父母 / 002

慈母情深 / 007

父亲的演员生涯 / 013

我和橘皮的往事 / 024

我与儿子 / 029

给哥哥的信 / 038

怀念赵大爷 / 045

有那样一位姥姥真幸福 / 050

第二章

里巷乡野，平凡世界

紧绷的小街 / 054

老驼 / 070

鸳鸯劫 / 079

一只风筝的一生 / 086

玉顺嫂的股 / 096

小垃圾女 / 108

玻璃匠和他的儿子 / 115

老茶农和他的女儿 / 124

第三章

心怀感激，初心不改

感激 / 138

阳春面 / 153

窃秋 / 159

茶村印象 / 163

王妈妈印象 / 170

窗的话语 / 185

我愿意再去一次的地方 / 191

第四章

做竹须空，做人须直

读书会让寂寞变成享受 / 198

晚秋读诗 / 203

时间即“上帝” / 210

论温馨 / 214

做竹须空，做人须直 / 226

给自己的头脑几分尊重 / 233

与欲望兵团打成平手的一辈子 / 239

第一章

人世间有真情

我的父母

一九四九年九月二十二日，我出生在哈尔滨市安平街一个人家众多的大院里，我的家是一间半低矮的苏式房屋。邻院是苏联侨民的教堂，我从小就听惯了教堂的钟声。

父亲目不识丁。祖父也目不识丁。原籍山东省荣成温泉寨村。上溯十八代乃至二十八代、三十八代，尽是文盲、尽是穷苦农民。

父亲十几岁时，因生活所迫，随村人“闯关东”来到了哈尔滨。

他是我们家族史上的第一个工人，建筑工人。他转折了我们这一梁姓家族的成分。我在小说《父亲》中，用两万余纪实性的文字，为他这个中国农民出身的“工人阶级”立了一篇小传。从转折的意义上讲，他是我们家族史上的一座丰碑。

父亲对我走上文学道路从未施加过任何有益的影响，不仅因为他是文盲，也因为从一九五六年起，我七岁的时候，他便离开哈尔滨市建设大西北去了。从此每隔两三年他才回家与我们团聚一次。我下乡以后，与父亲团聚一次更不易了。在我的记忆中，父亲是反对我们几个孩子看“闲书”的。见我们捧着一本什么小说看，他就生气。看“闲书”是父亲无法忍受的“坏毛病”。父亲常因母亲给我们钱买“闲书”而对她大发其火。家里穷，父亲一个人挣钱养家糊口，也真难为他。每分钱都是他用汗水换来的。父亲的工资仅够勉强维持一个市民家庭最低水平的生活。

母亲也是文盲。外祖父教过几年私塾，是曾经被称为“识文断字”的人，故而同是文盲，母亲与父亲却不大一样。父亲是个崇尚力气的文盲，母亲是个崇尚文化的文盲。崇尚相左，对我们几个孩子寄托的希望也便截然相反。父亲希望我们将来都能靠力气吃饭，母亲希望我们将来都能成为靠文化自立于社会的人。父亲的教育方式是严厉的训斥和惩罚。父亲是将“过日子”的每一样大大小小的东西都看得很贵重的。母亲的教育方式堪称真正的教育。她注重人格、品德、礼貌和学习方面。

值得庆幸的是，父亲常年在大西北，我们从小接受的是母亲的教育。母亲的教育至今仍对我为人处世深有影响。

母亲从外祖父那里知道许多书中的人物和故事，而且听过一些旧戏，乐于将书中或戏中的人物和故事讲给我们听。母亲年轻时记忆力强，什么戏剧什么故事，只要听过一遍，就能详细记住。有些戏中的台词唱段，几乎能只字不差地复述。

母亲善于讲故事，讲时带有很浓的个人感情色彩。我从五六岁开始，就从母亲口中听到过《包公传》《济公传》《杨家将》《岳家将》《侠女十三妹》的故事。母亲是个很善良的女人。善良的女人大多喜欢悲剧。母亲尤其愿意、尤其善于讲悲剧故事，如《秦香莲》《风波亭》《杨业碰碑》《赵氏孤儿》《陈州放粮》《王宝钏困守寒窑》《三勘蝴蝶梦》《钓金龟》《牛郎织女》《天仙配》《水漫金山寺》《劈山救母》《杜十娘怒沉百宝箱》……母亲边讲边落泪，我们边听边落泪。

我于今在创作中追求悲剧情节、悲剧色彩，不能自已地在字里行间流溢浓重的主观感情色彩，可能正是由于小时候听母亲带着她浓重的主观感情色彩讲了许多悲剧故事的结果。我认为，文学对于一个作家儿童时代的心灵所形成的直接或间接的影响，对一个作家在某一时期或某一阶段的创作风格起着“先天”的、潜意识的作用。

母亲在我们小时候给我们讲故事，当然绝非想要把我们都培养成为作家。而仅靠听故事，一个儿童也不可能直接走上文学道路。

我们所住的那个大院，人家多，孩子也多。我们穷，因为穷而在那个大院中受着种种歧视。父亲远在大西北，因为家中没有一个男人而受着种种欺辱。我们是那个市民大院中的人下人。母亲用故事将我们吸引在而不是囚禁在家中，免得我们在大院里受欺辱或惹是生非，同时用故事排遣她内心深处的种种愁苦。

这样的情形至今仍常常浮现在我眼前：电灯垂得很低，母亲一边在灯下给我们缝补衣服，一边用凄婉的语调讲着她那些凄婉的故事。我们几个孩子，趴在被窝里，露出脑袋，瞪大眼睛凝神谛听，讲到可悲处，母亲与我们唏嘘一片。

如果谁认为一个人没有导师就不可能走上文学道路的话，那么我的回答是——我的第一位导师，是母亲。我始终认为这是我的幸运。

如果我认为我的母亲是我文学上的第一位导师不过分，那么也可以说我的小学语文老师是我文学上的第二位导师。假若在我的生活中没有过她们，我今天也许不会成为作家。

慈母情深

我买的第一本长篇小说是《青年近卫军》，一元多钱。母亲还从来没有一次给过我这么多钱。我还从来没有向母亲一次要过这么多钱。我的同代人，当你们也像我一样，还是一个小学五年级学生的时候，如果你们也像我一样，生活在一个穷困的普通劳动者家庭的话，你们为我做证，有谁曾在决定开口向母亲要一元多钱的时候，内心里不缺少勇气？

当年的我们，视父母一天的工资是多么非同小可啊！但我想有一本《青年近卫军》想得整天失魂落魄，无精打采。我从同学家的收音机里听到过几次《青年近卫军》长篇小说连续广播。那时我家的破收音机已经卖了，被我和弟弟妹妹们吃进肚子里了。直接吃进肚子里的东西当然不能取代“精神食粮”。我那时还不知道什么叫“维他命”，更没从谁口中听说过“卡路里”，但头脑却喜欢吞“革命英雄主义”，一如今天的部分青年喜欢嚼泡泡糖。

在自己对自己的怂恿之下，我到母亲的工厂向母亲要钱。母亲那一年被铁路工厂辞退了，为了每月三十元的收入，又在一个街道小厂上班。一个加工棉胶鞋帮的中世纪奴隶作坊式的街道小厂。

一排破窗，至少有三分之一埋在地下了。门也是，所以只能朝里开。窗玻璃脏得失去了透明度，乌玻璃一样。我不是迈进门而是跃进门去的。我没想到门里的地面比门外的地面低半米。一张踏脚的小条凳权作门里台阶，我踏翻了它，跌进门的情形如同掉进一个深坑。

那是我第一次到母亲为我们挣钱的那个地方。空间非常低矮。低矮得使人感到心里压抑。不足两百平方米的厂房，四壁潮湿颓败，七八十台破缝纫机一行行排列着，七八十个都不算年轻的女人忙碌在自己的缝纫机后。因为光线阴暗，每个女人头上方都吊着一只灯泡。正是酷暑炎夏，窗不能开，七八十个女人的身体和七八十只灯泡所散发的热量，使我感到犹如身在蒸笼。

那些女人热得只穿背心。有的背心肥大，有的背心瘦小，有的穿的还是男人的背心，暴露出相当一部分丰厚或者干瘪的胸脯，千奇百怪。毡絮如同褐色的重雾，如同漫漫的雪花，在女人们、在母亲们之间纷纷扬扬地飘荡。而她们不得不一个个戴着口罩。女人们、母亲们的口罩上，都有三个实心的褐色的圆。那是因为她们的鼻孔和嘴的呼吸将口罩浸湿了，毡絮附着在上面。女人们、母亲们的头发、臂膀和背心也差不多都变成了褐色的，毛茸茸的褐色。我觉得自己恍如置身在山顶洞人时期的女人们之间。我呆呆地将那些女人们扫视一遍，却发现不了我的母亲。七八十台破缝纫机发出的噪声震耳欲聋。

“你找谁？”一个用竹篾拍竹毡絮的老头对我大声嚷，却没停止拍打，毛茸茸的褐色的那老头像一只老雄猿。

“找我妈！”

“你妈是谁？”

我大声说出了母亲的名字。

“那儿！”老头朝最里边的一个角落一指。

我穿过一排缝纫机，走到那个角落，看见一个极其瘦弱的毛茸茸的褐色的脊背弯曲着，头凑近在缝纫机机板上。周围几只灯泡的电热烤着我的脸。

“妈……”

“妈……”

背直起来了，我的母亲，转过身来了，我的母亲。肮脏的毛茸茸的褐色的口罩上方，眼神儿疲竭的我熟悉的一双眼睛吃惊地望着我，我的母亲的眼睛。

母亲大声问：“你来干什么？”

“我……”

“有事快说，别耽误妈干活儿！”

“我……要钱……”我本已不想说出“要钱”两字，可是竟说出来了！

“要钱干什么？”

“买书……”

“多少钱？”

“一元五角就行……”

母亲翻出衣兜，掏出一卷毛票，用指尖皲裂的手指点着。

旁边一个女人停止踏缝纫机，向母亲探过身，喊：“大姐，别给！没你这么当妈的！供他们吃，供他们穿，供他们上学，还供他们看图书哇！”又对我喊：“你看你妈这是在怎么挣钱？你忍心朝你妈要钱买图书哇！”

母亲却已将钱塞在我手心里了，大声回答那个女人：“谁叫我们是当妈的啊！我挺高兴他爱看书的！”

母亲说完，立刻又坐了下去，立刻又弯曲了背，立刻又将头俯在缝纫机机板上，立刻又陷入手脚并用的机械忙碌状态……

那一天我第一次发现，我的母亲原来是那么瘦小，竟快是一个老女人了！那时我努力要回忆起一个年轻母亲的形象，竟回忆不起母亲她何时年轻过。

那一天我第一次觉得我长大了，应该是一个大人了，并因自己十五岁了才意识到自己应该是一个大人了而感到羞愧难当，无地自容。我鼻子一酸，攥着钱跑了出去……

那天我用那一元五毛钱给母亲买了一听水果罐头。

“你这孩子，谁叫你给我买水果罐头的？不是你说买书，妈才会舍得给你钱的吗？”

那一天母亲数落了我一顿，数落完了我，又给我凑足了买《青年近卫军》的钱……

我想我没有权利用那钱再买任何别的东西，无论为自己还是为母亲。从此我有了第一本长篇小说……

后来我有了第二本、第三本、第四本、第五本……《钢铁是怎样炼成的》《牛虻》《勇敢》《幸福》《红旗谣》……我再也没因想买书而开口向母亲要过钱。

父亲的演员生涯

父亲去世已经一个月了。

我仍为我的父亲戴着黑纱。

有几次出门前，我将黑纱摘了下来，但倏忽间，内心里涌起一种怅然若失的情感。戚戚地，我便又戴上了。我不可能永不摘下。我想：这是一种纯粹的个人情感。尽管这一种个人情感在我有不可殚言的虔意，我必得从伤绪之中解脱，也是无须别人劝慰我自己也能明白的。然而怀念是一种相会的形式，我们人人的情感都曾一度依赖于它……

这一个月里，又有电影或电视剧制片人员，到我家来请父亲去当群众演员。他们走后，我就独自静坐，回想起父亲当群众演员的一些微事……

一九八四年至一九八六年，父亲栖居北京的两年，曾在五六部影视作品中当过群众演员。在北影（北京电影制片厂）院内，甚至范围缩小到我当年居住的十九号楼内，这乃是司空见惯的事。

父亲被选去当群众演员，毫无疑问，最初是由于他那十分惹人注目的胡子。父亲的胡子留得很长，长及上衣第二颗纽扣。总体银白，须梢金黄。谁见了都对我说：梁晓声，你老父亲的一把大胡子真帅！

父亲生前极爱惜他的胡子。兜里常揣着一柄木质小梳。闲来无事，就梳理。

记得有一次，我的儿子梁爽，天真发问："爷爷，你睡觉的时候，胡子是在被窝里，还是在被窝外呀？"

父亲一时答不上来。

那天晚上，父亲竟至于因为他的胡子而几乎彻夜失眠，竟至于捅醒我的母亲，问自己一向睡觉的时候，胡子究竟是在被窝里还是在被窝外。无论他将胡子放在被窝里还是放在被窝外，总觉得不那么对劲……

父亲第一次当群众演员，是在《泥人常传奇》剧组。导演是李文化和都郁。副导演先找了父亲，父亲说得征求我的意见。父亲大概将当群众演员这回事看得太重，以为便等于投身了艺术。所以希望我替他做主，判断他到底能不能胜任。父亲从来不做自己胜任不了之事。他一生最不喜欢那种滥竽充数的人。

我替父亲拒绝了。那时群众演员的酬金才两元。我之所以拒绝不是因为酬金低，而是因为我不愿我的老父亲在摄影机前被人呼来唤去的。

李文化亲自来找我——说他这部影片的群众演员中，少了一位长胡子老头儿。

“放心，我吩咐对老人家要格外尊重，要像尊重老演员一样还不行吗？”——他这么保证。无奈我只好违心同意。

从此，父亲便开始了他的“演员生涯”——更准确地说，是“群众演员”生涯——在他七十四岁的时候……

父亲演的尽是迎着镜头走过来或背着镜头走过去的“角色”。说那也算“角色”，是太夸大其词了。不同的服装，使我的老父亲在镜头前成为老绅士、老乞丐、摆烟摊的或挑菜行卖的……

不久，便常有人对我说：“哎呀晓声，你父亲真好。演戏认真极了！”

父亲做什么事都认真极了。但那也算“演戏”吗？我每每一笑了之。然而听到别人夸奖自己的父亲，内心里总是高兴的。

一次，我从办公室回家，经过北影一条街——就是那条旧北京假影街，见父亲端端地坐在台阶上。而导演们在摄影机前指手画脚地议论什么，不像再有群众场面要拍的样子。

时已中午，我走到父亲跟前，说："爸爸，你还坐在这儿干什么呀？回家吃饭！"

父亲说："不行，我不能离开。"

我问："为什么？"

父亲回答："我们导演说了——别的群众演员没事儿了，可以打发走了。但这位老人不能走，我还用得着他！"父亲的语调中，很有一种自豪感似的。

父亲坐得很特别，那是一种正襟危坐。他身上的演员服，是一件褐色绸质长袍。他将长袍的后摆掀起来搭在背上；而将长袍的前摆卷起来放在膝上。他不倚墙，也不靠什么，就那样子端端地坐着，也不知已经坐了多久。分明地，他唯恐使那长袍沾了灰土或弄褶皱了……

父亲不肯离开，我只好去问导演。

导演却已经把我的老父亲忘在脑后了，一个劲儿地向我道歉……

中国之电影、电视剧，群众演员的问题，对任何一位导演，都是很沮丧的事。往往地，需要十个群众演员，预先得组织十五六个，真开拍了，剩下一半就算不错。有些群众演员，钱一到手，人也便脚底板抹油，溜了。群众演员，在这一点上，倒可谓相当出色地演着我们现实中的些个“群众”。

难得有父亲这样的群众演员。

我细思忖，都愿请我的老父亲当群众演员，当然并不完全因为他的胡子……那两年内，父亲睡在我的办公室。有时我因写作到深夜，常和父亲一块儿睡在办公室。

有一大夜里，下起了大雨。我被雷声惊醒，翻了个身，黑暗中，恍恍地，发现父亲披着衣服坐在折叠床上吸烟。

我好生奇怪，不安地询问：“爸，你怎了？为什么夜里不睡吸烟？你是不是有什么心事啊？”

黑暗之中，但闻父亲叹了口气。许久，才听他说：“唉，我为我们导演发愁哇！他就怕这几天下雨……”

父亲不论在哪一个剧组当群众演员，都一概地称导演为“我们导演”。从这种称谓中我听得出来，他是把自己——一个迎着镜头走过来或背着镜头走过去的群众演员，与一位导演之间联得太紧密了。或者反过来说，他是把一位导演，与一个迎着镜头走过来或背着镜头走过去的群众演员联得太紧密了。

而我认为这是荒唐的。我认为这实实在在是很犯不上的。我嘟囔地说："爸，你替他操这份儿心干吗？下雨不下雨的，与你有什么关系？睡吧睡吧！"

"有你这么说话的吗？"父亲教训我道，"全厂两千来人，等着这一部电影早拍完，才好发工资，发奖金！你不明白？你一点儿不关心？"

我佯装没听到，不吭声。

父亲刚来时，对于北影的事，常以"你们厂"如何如何而发议论，而发感慨。不知从什么时候开始，他不说"你们厂"了，只说"厂里"了。倒好像，他就是北影的一员，甚至倒好像，他就是北影的厂长……

天亮后，我起来，见父亲站在窗前发怔。

我也不说什么。怕一说，使他觉得听了逆耳，惹他不高兴。

后来父亲东找西找的。我问找什么。他说找雨具。他说要亲自到拍摄现场去，看看今天究竟是能拍还是不能拍。

他自言自语："雨小多了嘛！万一能拍呢？万一能拍，

我们导演找不到我，我们导演岂不是要发急吗？”听他那口气，仿佛他是主角。

我说：“爸，我替你打个电话，向你们剧组问问不就行了吗？”

父亲不语，算是默许了。

于是我就到走廊去打电话。其实是给我自己打电话。

回到办公室，我对父亲说：“电话打过了。你们组里今天不拍戏。”——我明知今天准拍不成。

父亲火了，冲我吼：“你怎么骗我？你明明不是给我剧组打电话！我听得清清楚楚。你当我耳聋吗？”父亲怒赳赳地就走出去了。

我站在办公室窗口，见父亲在雨中大步疾行，不免羞愧。对于这样一位太认真的老父亲，我一筹莫展……

父亲还在一个什么影片中担当过群众演员，当父亲穿上一身朝鲜民族服装后，别提多像一位朝鲜老人了。那位朝鲜导演也一直把他视为一位朝鲜老人。后来得知他不是，表示了很大的惊讶，也对父亲表示了很大的谢意，并单独同父亲合影留念。

那一天父亲特别高兴，对我说：“我们中国的古人，主张干什么事都认真。要当群众演员，咱们就认认真真地当群众演员。咱们这样的中国人，外国人能不看重你吗？”

记得有天晚上，是一个星期六的晚上，我和妻子和老父母一块儿包饺子，父亲擀皮儿。忽然父亲长叹一声，喃喃地说：“唉，人啊，活着活着，就老了……”

一句话，使我、妻、母亲面面相觑。

母亲说：“人，谁没老的时候？老了就老了呗！”

父亲说：“你不懂。”

妻煮饺子时，小声对我说：“爸今天是怎么了？你问问他。一句话说得全家怪纳闷儿、怪伤感的……”

吃过晚饭，我和父亲一同去办公室休息。睡前，我试探地问：“爸，你今天又不高兴了吗？”

父亲说：“高兴啊，有什么不高兴的！”

我说：“那怎么包饺子的时候叹气，还自言自语老了老了的？”

父亲笑了，说：“昨天，我们导演指示——给这老爷子一句台词！连台词都让我说了，那不真算是演员了吗？我那么说你听着可以吗？”我恍然大悟——原来父亲是在背台词。

我就说：“爸，我的话，也许你又不爱听。其实你愿怎么说都行！反正到时候，不会让你自己配音，得找个人替你再说一遍这句话……”

父亲果然又不高兴了。父亲又以教训的口吻说：“要是都像你这种态度，那电影能拍好吗？老百姓当然不愿意看！一句台词，光是说说的事吗？脸上的模样要是不对劲，不就成了嘴里说阴，脸上却是晴了吗？”

父亲的一番话，倒使我哑口无言。惭愧的是，我连父亲不但在其中当群众演员，而且说过一句台词的这部电影，究竟是哪个厂拍的、片名是什么，至今一无所知。我说得出片名的，仅仅三部——《泥人常传奇》《四世同堂》《白龙剑》。

前几天，电视里重播电影《白龙剑》，妻忽指着屏幕说：“梁爽你看你爷爷！”

我正在看书，目光立刻从书上移开，投向屏幕——哪里有父亲的影子……

我急问：“在哪儿在哪儿？”

妻说：“走过去了。”

是啊，父亲所“演”的，不过就是些迎着镜头走过来或背着镜头走过去的群众角色。走得时间最长的，也不过就十几秒钟。然而父亲的确是一位极认真、极投入的群众演员——

与父亲“合作”过的导演们都这么说……在我写这篇文字时，又有人打来电话——

“梁晓声？”

“是我。”

“我们想请你父亲演个群众角色啊！”

“这……我父亲已经去世了……”

“去世了？对不起……”对方的失望大大多于歉意。

如今之人，认真做事认真做人的，实在不是太多了；如今之人，仿佛对一切事都没了责任感。

有些事，在我，也渐渐地开始不很认真了。似乎认真首先是对自己很吃亏的事。

父亲一生认真做人，认真做事。连当群众演员，也认真到可爱的程度。这大概首先与他的意愿是分不开的。一个退了休的老建筑工人，忽然在摄影机前走来走去，能肯定的是他对此有一种愉悦。人对自己极反感之事，想要认真也是认真不起来的。这样解释，是完全解释得通的。但是我——他的儿子，如果仅仅得出这样的解释，则证明我对自己的父亲太缺乏了解了！

我想——“认真”二字，之所以成为父亲性格的主要特点，也许更因为他是一位建筑工人，几乎一辈子都是一位建筑工人，而且是一位优秀的获得过无数次奖状的建筑工人。

一种几乎终生的行业，必然铸成一个人明显的性格特点。建筑师们，是不会将他们设计的蓝图给予建筑工人——也即那些砖瓦灰泥匠们过目的。然而哪一座伟大的宏伟建筑，不是建筑工人们一砖一瓦盖起来的呢？正是那每一砖、每一瓦，日复一日、月复一月、年复一年地，十几年、几十年地，培养成了一种认认真真的责任感，一种对未来之大厦矗立的高度般可敬的责任感。他们虽然明知，他们所参与的不过一砖一瓦之劳，却甘愿通过他们的一砖一瓦之劳，促成别人的冠环之功。他们的认真乃因为这正是他们的愉悦！愿我们的生活中，对他人之事认真，并能从中油然引出自己之愉悦的品格，发扬光大起来吧！

父亲是一个普通得不能再普通的人。父亲曾是一个认真的群众演员。或者说，父亲是一个“本色”的群众演员。

以我的父亲为镜，我常不免地问自己——在生活这个大舞台上，我也是演员吗？我是一个什么样的演员呢？就表演艺术而言，我崇敬“性格演员”。就现实中人而言，恰恰相反，我崇敬每一个“本色”的人，而十分警惕“性格演员”……

我和橘皮的往事

多少年过去了，那张清瘦而严厉的、戴六百度黑边近视镜的女人的脸，仍时时浮现在我眼前，她就是我小学四年级的班主任老师。想起她，也就使我想起了一些关于橘皮的往事……

其实，校办工厂并非今天的新事物。当年我的小学母校就有校办工厂。不过规模很小罢了。专从民间收集橘皮，烘干了，碾成粉，送到药厂去。所得加工费，用以补充学校的教学经费。

有一天，轮到我和我们班的几名同学，去那小厂房里义务劳动。一名同学问指派我们干活的师傅，橘皮究竟可以治哪几种病？师傅就告诉我们可以治什么病，尤其对平喘和减缓支气管炎有良效。

我听了暗暗记在心里。我的母亲，每年冬季都被支气管炎所困，经常喘作一团，憋红了脸，透不过气来。可是家里穷，母亲舍不得花钱买药，就那么一冬季又一冬季地忍受着，一冬季比一冬季气喘得厉害。看着母亲喘作一团，憋红了脸透不过气来的痛苦样子，我和弟弟妹妹每每心里都难受得想哭。我暗想，一麻袋又一麻袋，这么多这么多橘皮，我何不替母亲带回家一点儿呢……

当天，我往兜里偷偷揣了几片干橘皮。

以后，每次义务劳动，我都往兜里偷偷揣几片干橘皮。

母亲喝了一阵子干橘皮泡的水，剧烈喘息的时候，分明地减少了，起码我觉着是那样。我心里的高兴真是没法形容。母亲自然问过我——从哪儿弄的干橘皮？我撒谎，骗母亲说是校办工厂的师傅送的。母亲就抚摸我的头，用微笑表达她对儿子的孝心所感受到的那一份儿欣慰。那乃是穷孩子们的母亲们普遍的、最由衷的也是最大的欣慰啊！

不料想，由于一名同学的告发，我成了一个小偷、一个贼。

先是在全班同学眼里成了一个小偷，一个贼，后来是在全校同学眼里成了一个小偷、一个贼。

那是特殊的年代。哪怕小到一块橡皮、半截铅笔，一旦和“偷”字连起来，足以构成一个孩子从此无法洗刷掉的耻辱，也足以使一个孩子从此永无自尊可言。每每在大人们互相攻讦之时，你会听到这样的话——“你自小就是贼！”——那贼的罪名，却往往仅因为一块橡皮、半截铅笔。那贼的罪名，甚至足以使一个人背负终生。即使往后别人忘了，不再提起了，在他或她心里，也是铭刻下了。这一种刻痕，往往扭曲了一个人的一生，改变了一个人的一生，毁灭了一个人的一生……

在学校的操场上，我被迫当众承认自己偷了几次橘皮，当众承认自己是贼。当众，便是当着全校同学的面啊！

于是我在班级里，不再是任何一个同学的同学，而是一个贼。

于是我在学校里，仿佛已经不再是一名学生；而仅仅是、无可争议地是一个贼、一个小偷了。

我觉得，连我上课举手回答问题，老师似乎都佯装不见，目光故意从我身上一扫而过。

我不再有学友了。我处于可怕的孤立之中。我不敢对母亲讲我在学校的遭遇和处境，怕母亲为我而悲伤……

当时我的班主任老师，也就是那一位清瘦而严厉的、戴六百度近视镜的中年女教师，正休产假。

她重新给我们上第一堂课的时候，就觉察出了我的异常处境。

放学后她把我叫到了僻静处，而不是教员室里，问我究竟做了什么不光彩的事？

我哇地哭了……

第二天，她在上课之前说："首先我要讲讲梁绍生（我当年的本名）和橘皮的事。他不是小偷、不是贼。是我吩嘱他在义务劳动时，别忘了为老师带一点儿橘皮。老师需要橘皮掺进别的中药治病。你们再认为他是小偷、是贼，那么也把老师看成是小偷、是贼吧……"

第三天，当全校同学做课间操时，大喇叭里传出了她的声音，说的是她在课堂上所说的那番话……

从此我又是同学的同学、学校的学生，而不再是小偷、不再是贼了。从此我不想死了……

我的班主任老师，她以前对我从不曾偏爱过，以后也不会。在她眼里，以前和以后，我都只不过是她的四十几名学生中的一个，最普通、最寻常的一个……

但是，从此，在我心目中，她不再是一位普通的老师了。

尽管依然像以前那么严厉，依然戴六百度的近视镜……

我永远忘不了我的小学班主任老师。没有她，我不太可能成为作家。没有她，也许我的人生轨迹将彻底地被扭曲、被改变，也许我真的会变成一个贼，以我的堕落报复社会。也许，我早已自杀了……

以后我受过许多险恶的伤害，但她使我永远相信，生活中不只有坏人，像她那样的好人是确实存在的……因此我应永远保持对生活的真诚热爱！

我与儿子

我曾以为自己是缺少父爱情感的男人。

结婚后，我很怕过早负起父亲的责任。因为我太爱安静了。一想到我那十一平方米的家中，响起孩子的哭声，有个三四岁的男孩或女孩满地爬，我就觉得简直等于受折磨，有点儿毛骨悚然。

妻子初孕，我坚决主张“人流”。为此她倍感委屈，大哭一场——那时我刚开始热衷于写作。哭归哭，她妥协了。

妻子第二次怀孕，我郑重地声明：三十五岁之前决不做父亲。她不但委屈而且愤怒了，我们大吵一架——结果是我妥协了。

儿子还没出生，我早说了无穷无尽的抱怨话。倘他在母腹中就知道，说不定会不想出生了。妻临产的那些日子，我们都惴惴不安，日夜紧张。

那时，妻总在半夜三更觉得要生了。已记不清我们度过了几个不眠之夜，也记不清半夜三更，我搀扶着她去了几次医院。马路上不见人影，从北影到北京积水潭医院，一往一返慢慢地小小心心地走，大约三小时。

每次医生都说：“来早了，回家等着吧！”

妻子哭，我急，一块儿哀求。哀求也没用。

始终是那么一句话——“回家等着，没床位。”

有一夜，妻看上去很痛苦，但她咬紧牙关，一声不吭。她大概因为自己老没个准儿，觉得一次次地折腾我，有点儿对不住我。可我看出的确是“刻不容缓”了——妻已不能走，我用自行车将她推到医院。

医生又训斥我：“怎么这时候才来？你以为这是出门旅行，提前五分钟登上火车就行呀！”

反正你要当父亲了，当然是没理可讲的事了。

总算妻子生产顺利，一个胖墩墩的儿子出世了。

而我是半点儿喜悦也没有的，只感到舒了口气，卸下了一种重负。好比一个人的头被按在水盆里，连呛几口之后，终于抬了起来……

儿子一回家，便被移交给一位老阿姨了。我和妻住办公室。一转眼就是两年，两年中我没怎么照看过儿子。待他会叫“爸爸”后，我也发自内心地喜爱过他，时时逗他玩儿一阵，但是从所谓潜意识来讲是很自私的——为着解闷儿。心里总是有种积怨，因为他的出生，使我有家不能归，不得不栖息在办公室。

夏天，我们住的那幢筒子楼，周围环境肮脏。一到晚上，蚊子多得不得了。点蚊香、喷药，也是起不了多大作用的。蚊子似乎对蚊香和蚊药已有了很强的抵抗力。

有天早晨我回家吃早饭，老阿姨说：“几次叫你买蚊帐，你总拖，你看孩子被叮成什么样了？你真就那么忙？”

我俯身看儿子，见儿子遍身被叮了至少三十个包，脸肿着。可他还冲我笑，叫“爸……”。我正赶写一篇小说，突然认识到自己太自私了。我抱起儿子落泪了……

当天我就去买了一顶五十多元的尼龙蚊帐。上海文艺出版社的编辑修晓林初次到我家，没找到我。又到了办公室，才见着我。我挺兴奋地和他谈起我正在构思的一篇小说，他打断我说：“你放下笔，先回家看看你儿子吧，他发高烧呢！”

我一愣，这才想起——我已在办公室废寝忘食地写了两天。两天内吃妻子送来的饭，没回过家门……

从这些方面讲，我真不是一位好父亲。如今儿子已经五岁了。我也已经三十九岁半了。人们都说儿子是个好儿子，许多人非常喜欢他。我的生活中，已不能没有他了。我欠儿子的责任和义务太多，至今我觉得对儿子很内疚。我觉得我太自私，但正是在那一两年内，我艰难地一步步地向文坛迈进。对儿子的责任和自己的责任，于我，当年确是难以两全之事。

儿子爱画画，我从未指导过他。尽管我也曾爱画画，指导一个五岁多的孩子，那点儿基础还是够用的。

儿子爱下象棋。我给他买了一副象棋，却难得认真陪他“杀一盘”。他常常哀求：“爸爸，和我杀一盘行不行啊？”结果他养成了自己和自己下象棋的习惯。

记得我有一次到幼儿园去接儿子，阿姨对我说：“你还是作家呢，你儿子连‘一’都写不直，回家好好下功夫辅导他吧！”

从那以后，我总算对儿子的作业较为关心了。但要辅导他每天写完幼儿园的两页作业，差不多也得占去晚上的两小时。而我尤视晚上的时间更为宝贵——白天难得安静，读书写作，全指望晚上的时间。

儿子曾有段时间不愿去幼儿园。每天早晨撒娇耍赖，哭哭啼啼，想留在家里。我终于弄明白，原来他不敢在幼儿园做早操。他太自卑，太难为情。以为他的动作，定是极古怪的，定会引起哄笑。

我便答应他，做早操时，到幼儿园去看他。我说话算话。他在院内做操,我在院外做操。有了我的陪同,他的胆量壮了。

事后我问他："如果你连当众伸伸胳膊踢踢腿都不敢，将来你还敢干什么？比如，看见一个小偷在公共汽车上扒人家腰包，你敢抓住他的手腕吗？"

他沉吟许久,很严肃地回答:"要是小偷没带刀,我就敢。"

我笑了，先有这点儿胆量也行。

我又对他说："只要你认为你是对的，谁也别怕，什么也别怕！"

我希望我的儿子在这一点将来像我一样。谁知道呢？

总而言之，我不是位尽职的父亲。儿子天天在长大，今年就该上小学了。我深知我对他的责任将更大了。我要学会做一位好父亲，去掉些自私，少写几篇作品，多在他身上花些精力。归根结底，我的作品也许都微不足道，但我教育出怎样一个人交给社会，那不仅是我对儿子的责任，也是我对社会的责任。

我不希望他多么有出息——这超出我的努力及我的愿望。

我开始告诉儿子……

儿子九岁，明年上四年级。

我想，我有责任告诉他一些事情。

其实我早已这样做了。

儿子爱画画。于是有朋友送来各种纸。儿子若自认为画得不好，哪怕仅仅画一笔，一张纸便作废了。这使我想起童年时的许多往事。有一天我命他坐在对面，郑重地严肃地告诉他——爸爸读小学三年级的时候，从来没见过一张这么好的纸。爸爸小时候也爱画画，但所用的纸是到商店去捡回来的，包装过东西的、皱巴巴的纸。裁了，自己订了。便是那样的纸，也舍不得画一笔就作废的。因为并不容易捡到。那一种纸是很黑很粗糙的，铅笔道画上看不清，因为那叫“马粪纸”……

“怎么叫‘马粪纸’呢？”

于是我给他讲那是一个怎样的年代。在那样的一个年代，几乎整整一代的孩子们，都用“马粪纸”。一流大学里的教授们的讲义，也是印在“马粪纸”上的。还有书包、文具盒、彩色笔……哪一位像我这种年龄的父母，当年不是把书包补了又补，文具盒一用几年乃至十几年呢?

…………

“爸爸，我拿几毛钱好吗?”

“干什么?”

“想买一支雪糕吃。”

我同意了。几毛钱就是七毛钱，因为一支雪糕七毛钱。

于是儿子接连每天吃一支雪糕。

有一天我又命他坐在对面，郑重地严肃地告诉他——七毛钱等于爸爸或妈妈每天工资的一半。爸爸从小学一年级到六年级，总共吃了还不到三四十支——当然并非雪糕，而是“冰棍儿”，且是三分钱一支的。舍不得吃五分一支的，更不敢奢望一毛一支的。只能在春游或开运动会时，才认为自己有理由向妈妈要三分钱或六分钱……

我对儿子进行类似的教育，被友人们碰到过几次。当着我儿子的面，友人们自然是不好说什么的；但背过儿子，皆对我大不以为然。觉得我这样做父亲，未免煞有介事，甚至挖苦我是借用“忆苦思甜”的方法。

友人们的“批判”，我是极认真地想过的。然而那很过时的，可能被认为相当迂腐的方法，却至今仍在我家里沿用着，也许要一直沿用到儿子长大成人。打算在他干脆将我的话当耳旁风的时候打住。

所幸现今我告诉了他的，竟对他起到了一定的影响。

一次，儿子把作业本拿给我看，虔诚地问：“爸爸，这一页我没撕掉。我贴得好吗？”

那是跟我学的方法——从旧作业本上剪下一条格子，贴在了写错字的一页上。

我是从来舍不得浪费一页稿纸的，尽管是从公家领的。

那一刻我内心里竟十分激动，情不自禁地抱住他亲了一下。

“爸爸，你为什么哭呀？”

儿子困惑了。

我说：“儿子啊，你学会这样，你不知爸爸多高兴呢！”

我常常想，我们这一代人中的绝大多数，都是拉扯着我们父母的破衣襟走过来的。怎么我们的下一代消费起任何东西时，那种似乎理所当然和毫不吝惜的损弃之风如此之甚呢？仿佛我们是他们的富有得不得了的爸爸妈妈似的。难道我们也荒诞到这么认为了吗？如果不，我们为什么不告诉他们一些他们应该知道的事呢？

我的儿子当然可以用上等的复印纸习画，可以有许多彩色笔，可以不必背补过的书包，可以想吃“紫雪糕”时就吃一支……

但他必须明白，这一切的确便是所谓“幸福”之一种了！

我可不希望培养出一个从小似乎什么也不缺少，长大了却认为这世界什么都没为他准备齐全，因而只会抱怨乃至憎恶的人。

无忧无虑和基本上无所不缺，既可向将来的社会提供一个起码身心健康的人，也可“造就”成一批少爷。

而一个国家、一个民族，是养不起那么多少爷的。难道不是吗？

少爷小姐型的一代，是对任何一个国家、一个民族最大的报应。而对一个正在觉醒的民族，则简直无异于是报复。

给哥哥的信

亲爱的哥哥：

提笔给你写此信，真是百感交集。亦羞愧难当，无地自容！

屈指算来，弟弟妹妹们各自成家，哥哥入院，十五六年矣！这十五六年间，我竟一次也没探望过哥哥，甚至也没给哥哥写过一封信，我算是个什么样的弟弟啊！

回想从前的日子，哥哥没生病时，曾给予过我多少手足关怀和爱护啊！记得有次我感冒发烧，数日不退，哥哥请了假不上学，终日与母亲长守床边，服侍我吃药，用凉毛巾为我退烧。而那正是哥哥小学升中学的考试前夕呀！那一种手足亲情，绵绵温馨，历历在目。

我别的什么都不想吃，只要吃“带馅儿的点心”，哥哥就接了母亲给的两角多钱，二话不说，冒雨跑出家门。那一天的雨多大呀！家中连件雨衣、连把雨伞都没有，天又快黑了，哥哥出家门时只头戴了一顶破草帽。哥哥跑遍了家附近的小店，都没有“带馅儿的点心”卖。哥哥为了我这个弟弟能在病中吃上“带馅儿的点心”却不死心，冒大雨跑往市里去了。手中只攥着两角多钱，自然舍不得花掉一角多钱来回乘车。那样，剩下的钱恐怕连买一块“带馅儿的点心”也不够了。一个多小时后哥哥才回到家里，像落汤鸡，衣服裤子湿得能拧出半盆水！草帽被风刮去了，路上摔了几跤，膝盖也破了，淌着血。可哥哥终于为我买回了两块“带馅儿的点心”。点心因哥哥摔跤掉在雨水里，泡湿了。放在小盘里端在我面前时，已快拿不起来了。哥哥见点心成了那样子，一下就哭了……哥哥反觉太对不起我这个偏想吃“带馅儿的点心”的弟弟！唉，唉，我这个不懂事的弟弟呀，明知天在下雨，明知天快黑了，干吗非想吃“带馅儿的点心”呢？不是借着点儿病由闹娇情吗？

还记得我上小学六年级，哥哥刚上高中时，我将家中的一把玻璃刀借给同学家用，被弄丢了。当时父亲已来过家信，说是就要回哈市探家了。父亲是工人，他爱工具，玻璃刀尤其是他认为宝贵的工具。的确啊，在当年，不是哪一个工人想有一把玻璃刀就可以有的。我怕受父亲的责骂，那些日子忐忑不安。而哥哥安慰我，一再说会替我担过。果然，父亲回到家里以后，有天要为家里的破窗换块玻璃，发现玻璃刀不见了，严厉询问，我吓得不敢吱声儿。哥哥鼓起勇气说，是被他借给人了。父亲要哥哥第二天讨回来，哥哥第二天当然是无法将一把玻璃刀交给父亲的，推说忘了。第三天，哥哥不得不“承认”是被自己弄丢了——结果哥哥挨了父亲一耳光。那一耳光是哥哥替我挨的呀……

哥哥的病，完完全全是被一个“穷”字愁苦出来的。哥哥考大学没错，上大学也没错。因为那也是除了父亲外，母亲及弟弟妹妹们非常支持的呀！父亲自然也有父亲的难处。他当年已五十多岁了，自觉力气大不如前了。对于一名靠力气挣钱的建筑工人，每望着眼面前一个个未成年的儿女，他深受父亲抚养责任的压力哪！哥哥上大学并非出于一己抱负的自私，父亲反对哥哥上大学，主张哥哥早日工作，也是迫于家境的无奈啊！一句话，一个“穷”字，当年毁了一考入大学就被选为全校学生会主席的哥哥……

我下乡以后，我们还经常通信是不哥哥？别人每将哥哥的信转给我，都会不禁地问："谁给你写的信，字迹真好，是位练过书法的人吧？"

我将自己写的几首小诗寄给哥哥看，哥哥立刻明白——弟弟心里产生爱了！我也就很快地收到了哥哥的回信——一首词体的回信。太久了，我只能记住其中两句了："遥遥相望锁唇舌，却将心相印，此情最可珍。"

即使在我下乡那些年，哥哥对我的关怀也依然是那么的温馨，信中每嘱我万勿酣睡于荒野之地，怕我被毒虫和毒蛇咬；嘱我万勿乱吃野果野蘑，怕我中毒；嘱我万勿擅动农机具，怕我出事故；嘱我万勿到河中戏水，怕下乡前还不会游泳的我被溺……

哥哥，自我大学毕业分配在北京以后，和哥哥的通信就中断了。其间，回过哈市五六次，每次都来去匆匆，竟每次都没去医院探望过哥哥！这是我最自责、最内疚、最难以原谅自己的！

哥哥，亲爱的哥哥，但是我请求你的原谅和宽恕。家中的居住情况，因弟弟妹妹们各自结婚，二十八平方米的破陋住房，前盖后接，不得不被分隔为四个"单元"。几乎每一处空间都堆满了东西——这我看在眼里，怎么能没有忧愁在心中呢？怎么能让父亲母亲在那样不堪的居住条件之下度过晚年呢？怎么能让弟弟妹妹们在那样不堪的居住条件之下生儿育女呢？连过年过节也不能接哥哥回家团圆，其实，乃因家中已没了哥哥的床位呀！是将哥哥在精神病院那一张床位，当成了哥哥在什么旅馆的永久“包床”了啊！细想想，于父母亲和弟弟妹妹，是多么的万般无奈！于哥哥，又是多么的残酷！哥哥的病本没那么严重啊！如果家境不劣，哥哥的病早就好了！哥哥在病中，不是还曾在几所中学代过课吗？从数理化到文史地，不是都讲得很不错吗？

我十余年中，每次回哈市，都是身负着特殊使命一样，为家中解决住房问题，为弟弟妹妹解决工作问题呀！是心中想念，却顾不上去医院探望哥哥啊！当年我其实也是心有余而力不足，豁出自尊四处求助，往往却事倍功半罢了……

如今，我可以欣慰地告诉哥哥了——我多年的稿费加上幸逢拆迁，弟弟妹妹的住房都已解决；弟弟妹妹们的工作都较安稳，虽收入低，但过百姓日子总还是过得下去的；弟弟妹妹们的三个女儿，也都上了高中或中专……

如今，我可以欣慰地告诉哥哥了——父母二老还都健在，早已接来北京与我住在一起……

望哥哥接此信后，一切都不必挂念。

春节快到了——春节前，我将雷打不动地回哈市，将哥哥从医院接出，与哥哥共度春节……

今年五月，我将再次回哈市，再次将哥哥从医院接出，陪哥哥旅游半个月……

如哥哥同意，我愿那之后，与哥哥同回北京——哥哥的晚年，可与我生活在一起……

如哥哥心恋哈市亲情旧友多，那么，我将为哥哥在哈市郊区买一套房，装修妥善，布置周全——那里将是哥哥的家。

总之，我不要亲爱的哥哥再住在精神病院里！

总之，我要竭尽全力为哥哥组建一个家庭，为哥哥积攒一笔钱，以保证哥哥晚年能过无忧无虑的正常的家庭生活！

哥哥本来早就是可以像正常人一样过家庭生活的啊！这一点是连医生们心中都清楚的啊！只不过从前弟弟顾不上哥哥，只不过从前弟弟没有那份儿经济能力……

哥哥，亲爱的哥哥——你实实在在是受了天大委屈！

哥哥，亲爱的哥哥——耐心等我，我们不久就要在一起过春节了！

哥哥，亲爱的哥哥——紧紧地拥抱你！

你亲爱的弟弟绍生

1999 年 1 月 20 日于北京

（注：十年前失去了老父亲，去年又失去了老母亲，我乃天下一孤儿了！没有老父亲、老母亲的感觉，一点儿也不好。特别的不好！我宁愿要那种“上有老，下有小”的沉重，而不愿以永失父子、母子的天伦亲情，去换一份卸却沉重的轻松。于我，其实从未觉得真的是什么沉重，而觉得是人生的一种福分，现在，没法再享那一种福分了！我真羡慕父母健康长寿的儿女！现在，对哥哥的义务和责任，乃我最大的义务和责任之一了。对哥哥的亲情，因十五六年间的顾不上的落失，现在对我尤其显得宝贵了。我要赶快为哥哥做。倘在将做未做之际而痛失哥哥，我想，我心的亲情伤口怕就难以愈合了。故有此信。）

怀念赵大爷

“赵大爷不在了……”

妻下班一进家门，戚戚地说。

我不禁一怔：“调走了？还是不干了？”

“去世了……”

我愕然。顿时想到了宿舍区传达室门外贴的那张讣告——赵德喜同志因病医治无效，于四月十四日晚去世，终年六十岁。行文简短得不能再简短……

那天，我看见了讣告，可我怎么也没想到赵德喜是赵大爷。此前我不知他的名字。当时我驻足讣告前，心想赵德喜是谁呢？我怎么不认识呢？

我许久说不出话，一阵悲伤袭上心头。

以后的几天里，我心情总是好不起来……

赵大爷是我们童影（中国儿童电影制片厂）的勤杂工，也是长期临时工。一个一辈子没结过婚的单身汉，一个一辈子没有过家的人，只在农村有一个弟弟……

一九八八年年底，我刚调到童影，接到女作家严亭亭的信，信中嘱我一定替她问赵大爷好。她在童影修改过剧本，赵大爷给她留下了非常善良的印象。

童影的人不分男女老少，都称他赵大爷，我自然也一向称他赵大爷。那时我的父亲还在世，有次我和他打招呼，他挺郑重地对我说："可不兴这么叫了，你老父亲比我大二十来岁，在老人家面前我算晚辈呢！"我说："那我该怎么称你啊？"他说："就叫我老赵吧！"我说："那你以后也不许叫我梁老师了。"他说："那我又该怎么称你啊？"我说："叫我小梁吧。"

过后他仍称我"梁老师"，而我仍称他"赵大爷"……

儿子有次写作文，题目是《我最尊敬的一个人》。

儿子问我："爸，谁值得我尊敬呢？"

我说："怎么能没有值得你尊敬的人呢？你好好想！"儿子想了半天，终于说："赵大爷！"我问为什么？儿子说，赵大爷对工作最认真负责了，一年四季，每天早早起来，把咱们周围的环境打扫得干干净净。每年开春，赵大爷总给院里院外的月季花修枝、浇水。每年元旦、春节，人们晚上只管放鞭炮开心，而第二天一清早，赵大爷一个人默默地扫尽遍地纸屑。赵大爷总在为我们干活儿……

儿子那篇作文得了优。记得我曾想将儿子的作文给赵大爷看，为的是使他获得一份小小的愉悦，使他知道，一位像他那样默默地为大家尽职尽责服务的人，人们心里是会感激他的。起码，一个孩子在父亲的启发下，明白了他便是一个值得尊敬的人。可是后来我没有这么做。不是想法改变了，而是忘了。现在我好悔，赵大爷是该得到那样一份小小的愉悦的，在他生前。

赵大爷无疑是穷人中的一个。五年多以来，我从未见他穿过一件哪怕稍微新一点儿的衣服。我给过他一些衣服，棉的、单的、毛的，却不曾见他穿。想必是自己舍不得穿，捎回农村去了吧？他不但负责清除宿舍楼七个门洞的垃圾，还要负责清除厂里的垃圾。他干的活儿不少，并且是要天天干的。哪一天不干，宿舍区和厂区的环境都会大不一样。据我所知，他每月只拿一百五十元。在今天，每月只拿一百五十元，干他天天必干的那种脏活儿，而且干得认真负责、任劳任怨的人，恐怕是太难找了！

干完他应该干的活儿，他还经常帮人修自行车。他极愿帮助别人。据我所知，他大概是个完全没有文化的人。然而在我看来，他又是一个极其文明的人，一个极其文明的穷人。我从未见他跟谁吵过架，甚至从未见他和谁大声嚷嚷过。一些所谓有知识有文化的文明人，包括我这样的，心理稍不平衡，则脏话冲口而出，我却从未听到赵大爷口中吐过一个脏字。我完全相信，在别人高消费的比照下，穷是足以使人心灵晦暗的。然而在我看来，赵大爷的心灵是极其明澈的，似乎从没滋生过什么嫉仇或妒憎。他日复一日默默干他那份儿活儿，月复一月挣他那一百五十元钱。从不窥测别人的生活，从不议论别人的日子。他从垃圾里捡出瓶子、罐头盒、纸箱、破鞋之类，积聚多了就卖，所得是他唯一的额外收入。

这使我养成了习惯，旧报废书，替他积聚。就在他去世前一天，我心里还想，又够卖点儿钱了，该拎给赵大爷了……

每逢年节，我都想着他，送包月饼、一盘饺子、一条鱼、一些水果什么的……

赵大爷，我心里是很尊敬你的啊！你穷，可是你善；你没文化，可是你文明；你虽与任何名利无缘，可是你那么的敬业。敬业于自己扫院子，清除垃圾那一份儿脏活儿。

你就那么默默地去了，使我直觉得欠下了你许多似的……

好人赵大爷，穷人赵大爷，文明而善良的穷人赵大爷，干脏活儿而内心干净的赵大爷，穿破旧的衣服而受我及一家人敬爱的赵大爷，我们一家和在传达室每日与你相处的老阿姨，将长久长久地缅怀你！

有那样一位姥姥真幸福

读倪萍的《姥姥语录》，有一种赤脚接触“地暖”的感觉。我指的是目前“家装”特别时兴的地板或地砖之下供暖的那么一种“设备”。

我虽是北方人，却自幼畏寒。记得第一次双脚踏在别人家铺设了“地暖”的地上时，惊讶得叫出了声——多么幸福的感觉啊！

最近我家老房子装修，便也大费周章地铺设了“地暖”。是的，《姥姥语录》一书，给了我完全一样的感觉——那一种温暖使我整颗心顿时柔软无比。区别仅仅是，这一回的温暖是经由双手传导到我内心里的。起温暖作用的也不是有序盘绕的导热水管，而是倪萍笔下那一行行关于姥姥的情真意切而又鲜活的文字。

我觉得，不是所有活到九十九岁甚至更大岁数的老人都自然而然是智慧的。只有一生本着善良的原则活过来的老人才是智慧的。善良是人性之根。宽容、体恤、正义、助人为乐……所有人性之宝贵的枝叶，皆由善良而生。

“智慧”一词是可拆为两个字各作诠释的。

“智”的含义只不过是聪明。

“慧”字却是有心的，是从善良的心里总结出的思想自觉。便也是一种“正文化”。

白岩松曾说过一句话，大致意思是：有学历的人不一定有文化，没学历的人不一定没文化……他的话正是我想表达的意思。

人仅仅很“智”地活着是不够的，简直也可以说是颇为可怕的。老谋深算差不多就指此类人。

倪萍有一位智慧且长寿的姥姥真幸福。

倪萍姥姥的那些语录，更是“慧”的结晶。

当代人皆不缺“智”。依我看来，许多人“智”得过了头。

但有几人也愿“慧”伴终生呢？

姥姥发乎善良本能地、“智”“慧”结合地活了长久的一生；姥姥的榜样以及此书的当下价值，正在于此……

第二章

里巷乡野，平凡世界

紧绷的小街

迄今，我在北京住过三处地方了。

第一处自然是从前的北京电影制片厂院内。自一九七七年始，我在这里住了十二年筒子楼。往往连着一星期不出北影大门，家、食堂、编导室办公楼，白天、晚上数次往返于三点之间，像继续着大学生的校园生活。出了筒子楼半分钟就到食堂了，从食堂到办公室才五六分钟的路，比之于今天在上下班路上耗去两三小时的人，上班那么近实在是一大福气了。

一九八八年年底我被调到了中国儿童电影制片厂，次年夏季搬到童影宿舍。这里有一条小街，小街的长度不会超过从北影的前门到后门，很窄，一侧是元大都的一段土城墙。当年城墙遗址杂草丛生，相当荒野。小街尽头是总参的某干休所，车辆不能通行。当年有车的人家寥寥无几，“打的”也是一件挺奢侈的事。小街上每见住在北影院内的老导演、老演员的身影，或步行、或骑自行车、或骑电动小三轮车，车后座上坐着他们的老伴儿。他们一位位的名字在中国电影史上举足轻重。当年北影的后门刚刚改造不久，小街曾很幽静。

又一年，小街上有了摆摊的，渐渐就形成了街市，几乎卖什么的都有了。别的地方难得一见的东西，在小街上也可以买到。我在小街买过野蜂窝，朋友说是人造的，用糖浆加糖精再加凝固剂灌在蜂窝形的模子里，做出的“野蜂窝”要多像有多像，过程极容易。我还买过一条三十多厘米长的蜥蜴，卖的人说用黄酒活泡了，那酒很是滋补。我是个连闻到酒味儿都会醉的人，从不信什么滋补之道，只不过买了养着玩儿，不久就放生了。我当街理过发，花二十元当街享受了半小时的推拿，推拿汉子一时兴起，强烈要求我脱掉背心，我拗他不过只得照办，吸引了不少围观者。我以十元钱买过三件据卖的人说是纯棉的出口转内销的背心，也买过五六种印有我的名字、我的照片的盗版书，其中一本的书名是《爱与恨的交织》，而我根本没写过那么一本书。当时的我穿着背心、裤衩，趿着破拖鞋，刚剃过光头，几天没刮胡子。我蹲在书摊前，看着那一本厚厚的书，吞吞吐吐地竟说：“这本书是假的。”

卖书的外地小伙子瞪我一眼，老反感地顶我：“书还有假的吗？假的你看半天？到底买不买？”

我说我就是梁晓声，而我从没出版过这么一本书。

他说：“我看你还是假的梁晓声呢！”

旁边有认识我的人说，中国有多少叫梁晓声的不敢肯定，但他肯定是作家梁晓声。

小伙子夺去那本书，啪地往书摊上一放，说：“难道全中国只许你一个叫梁晓声的人是作家？！”

我居然产生了保存那本书的念头，想买。小伙子说冲我刚才说是假的，一分钱也不给我便宜，爱买不买。我不愿扫了他的兴又扫我自己的兴，二话没说就买下了。待我站在楼口，小伙子追了上来，还跟着一个小女子，手拿照相机。小伙子说她是他媳妇儿，说：“既然你是真的梁晓声，那证明咱俩太有缘分了，大叔，咱俩合影留念吧！”人家说得那么诚恳，我怎么可以拒绝呢？于是合影，恰巧走来人，小伙子又央那人为我们三个合影，自然是我站中间，一对小夫妻一左一右，都挽我手臂。

使小街变脏的首先是那类现做现卖的食品摊——煎饼、油条、粥、炒肝、炸春卷、馄饨、烤肉串，再加上卖菜的，再加上杀鸡宰鸭剖鱼的……早市一结束，满街狼藉，人行道和街面都是油腻的，走时粘鞋底儿。一下雨，街上淌的像刷锅水，黑水上漂着烂菜叶，间或漂着油花儿。

我在那条小街上与人发生了三次冲突。前两次互相都挺君子，没动手。第三次对方挨了两记耳光，不过不是我扇的，是童影厂当年的青年导演孙诚替我扇的。那时的小街，早六七点至九十点钟内，已是水泄不通，如节假日的庙会。即使一只黄鼬，在那种情况之下企图蹿过街去也是不大可能的。某日清晨，我在家中听到汽车喇叭响个不停，俯窗一看，见一辆自行车横在一辆出租车前，自行车两边一男一女，皆三十来岁，衣着体面。出租车后，是一辆搬家公司的厢式大车。两辆车一被堵住，一概人只能侧身梭行。

我出了楼，挤过去，请自行车的主人将自行车顺一下。

那人瞪着我怒斥：“你少管闲事！”

我问出租车司机怎么回事，他是不是剐蹭着人家了？

出租车司机说绝对没有，他也不知对方为什么要挡住他的车。

那女的骂道："你装糊涂！你按喇叭按得我们心烦，今天非堵你到早市散了不可！"

我听得来气，将自行车一顺，想要指挥出租车通过。对方一掌推开我，复将自行车横在出租车前。我与他如是三番，他从车上取下了链锁，威胁地朝我扬起来。

正那时，他脸上啪地挨了一大嘴巴子。还没等我看清扇他的是谁，耳畔又听啪的一声。待我认出扇他的是孙诚，那男的已乖乖地推着自行车便走，那女的也相跟而去，两人都一次没回头……至今我也不甚明白那一对男女为什么会是那么一种德行。

如今我已在牡丹园北里又住了十多年，这里也有一条小街，这条小街起初也很幽静，现在也变成了一条市场街，是出租汽车司机极不情愿去的地方。它的情形变得与十年前我家住过的那条小街又差不多了。闷热的夏日，空气中弥漫着腐败腥臭的气味儿。路面重铺了两次，过不了多久又粘鞋底儿了。下雨时，流水也像刷锅水似的了，像旧社会财主家阴沟里淌出的油腻的刷锅水，某几处路面的油腻程度可用铲子铲下一层来。人行道名存实亡，差不多被一家紧挨一家的小店铺完全占据。今非昔比，今胜过昔，街道两侧一辆紧挨一辆停满了廉价车辆，间或也会看到一辆特高级的。

早晨七点左右“商业活动”开始，于是满街油炸烟味儿。上班族行色匆匆，有的边吃边走。买早点的老人步履缓慢，出租车或私家车明智地停住，耐心可嘉地等老人们蹒跚而过。八点左右街上已乱作一团，人是更多了，车辆也多起来。如今买一辆廉价的二手车才一两万元，租了门面房开小店铺的外地小老板十之五六也都有车，早晨是他们忙着上货的时候。太平庄那儿一家国美商城的免费接送车在小街上兜了一圈又一圈，相对于对开两辆小汽车已勉为其难的街宽，国美那辆大客车是庞然大物。倘一辆小汽车迎头遭遇了它，并且各自没了倒车的余地，那么堵塞半小时、一小时是家常便饭。国美大客车是出租车司机和驾私家车的人打内心里厌烦的，但因为免费，它却是老人们的最爱。真的堵塞住了，已坐上了它或急着想要坐上它的老人们，往往会不拿好眼色瞪着出租车或私家车，显然他们认为一大早添乱的是后者们。

傍晚的情形比早上的情形更糟糕。六点左右，小饭店的桌椅已摆到人行道上了，仿佛人行道根本就是自家的。人行道摆满了，沿马路边再摆一排。烤肉的出现了，烤海鲜的出现了，烤玉米烤土豆片地瓜片的也出现了。时代进步了，人们的吃法新颖了，小街上还曾出现过烤茄子、青椒和木瓜的摊贩。最火的是一家海鲜店，每晚在人行道上摆二十几套桌椅，居然有开着“宝马”或“奥迪”前来大快朵颐的男女，往往一吃便吃到深夜。某些男子直吃得脱掉衣衫，赤裸上身，汗流浃背，喝五吆六，划拳行令，旁若无人。乌烟瘴气中，行人嫌恶开车的；开车的嫌恶摆摊的；摆摊的嫌恶开店面的；开店面的嫌恶出租店面的——租金又涨了，占道经营等于变相地扩大门面，也只有这样赚得才多点儿。通货膨胀使他们来到北京打拼人生的成本大大提高了，不多赚点儿怎么行呢？而原来的居民嫌恶一概之外地人——当初这条小街是多么幽静啊，看现在，外地人将这条小街搞成什么样子了……

而在那一时段，居然还有成心堵车的！

有次我回家，见一辆“奥迪”斜停在菜摊前。那么一斜停，三分之一的街面被占了，两边都堵住了三四辆车，喇叭声此起彼伏。车里坐一男人，听着音乐，悠悠然地吸着烟。

我忍无可忍，走到车窗旁冲他大吼：“你聋啦？！”

他这才弹掉烟灰，不情愿地将车尾顺直。于是，堵塞消除。原来，他等一个在菜摊前挑挑拣拣买菜的女人。那一时段，这条街上的菜最便宜。可是，就为买几斤便宜的菜，至于开着“奥迪”到这么一条小街上来添乱吗？

那男人开车前，瞪着我气势汹汹地问：“你刚才骂谁？”

我顺手从人行道上的货摊中操起一把拖布，比他更气势汹汹地说：“骂的就是你！”

也许见我是老者，也许见我一脸怒气，并且猜不到我是个什么身份的人，还自知理亏，他也骂我一句，将车开走了……

能说他不是成心堵车吗？！

可他为什么要那样呢？我至今也想不明白。

还有一次——一辆旧的白色“捷达”横在一个小区的车辆进出口，将院里街上的车堵住了十几辆，小街仿佛变成了停车场，连行人都要从车隙间侧身而过。车里却无人，锁了，有个认得我的人小声告诉我——对面人行道上，一个穿T恤衫的吸着烟的男人便是车主。我见他望西洋景似的望着堵得一塌糊涂的场面幸灾乐祸地笑。毫无疑问，他肯定是车主，也可以肯定，他成心使坏是因为与出入口那儿的保安发生过什么不快。

那时的我真是怒从心头起，恶向胆边生。倘身处古代，倘我武艺了得，定然奔将过去，大打出手，管他什么君子不君子！然我已老了，全没了打斗的能力和勇气，但骂的勇气却还残存着几分。于是撤掉斯文，瞪住那人，大骂一通！

我的骂自然丝毫也解决不了问题。最终解决问题的是交警支队的人，但那已是一个多小时以后的事了。在那一个多小时内，坐在人行道露天餐桌四周的人们，吃着、喝着、看着“热闹”，似乎堵塞之事与人行道被占一点儿关系都没有……

十余年前，我住童影宿舍所在的那一条小街时，曾听到有人这么说——真希望哪天大家集资买几百袋强力洗衣粉、几十把钢丝刷子，再雇一辆喷水车，发起一场义务劳动，将咱们这条油腻肮脏的小街彻底冲刷一遍！

如今，我听到过有人这么说——某时真想开一辆坦克，从街头一路轧到街尾！这样的一条街住久了会使人发疯的！

在这条小街上，不仅经常引起同胞对同胞的嫌恶，还经常引起同胞对同胞的怨气，经常造成同胞与同胞之间的紧张感。互相嫌恶，却也互相不敢轻易冒犯。谁都是弱者，谁都有底线。大多数人都活得很隐忍，小心翼翼。

街道委员会对这条小街束手无策，他们说他们没有执法权。

城管部门说要治理，非来“硬”的不可，但北京是“首善之都”，怎么能来“硬”的呢？

有人给市长热线一次次地打电话，最终有同志找到了打电话的人，劝说——容易解决不是早解决了吗？实在忍受不了你干脆搬走吧！

我的看法是——每一处摊位、每一处门面，背后都是一户人家的生计、生活甚至生存问题，悠悠万事，唯此为大。

在小街的另一街口，一行大红字标志着一个所在是“城市美化与管理学院”。相隔几米的街对面，人行道上搭着快餐摊棚。下水道口近在咫尺，夏季臭气冲鼻，情形令人作呕。

城管并不是毫不作为的。他们干脆将那下水道口用水泥封了，于是那儿摆着一个盛泔水的大盆了。至晚，泔水被倒往附近的下水道口，于是另一个下水道口也臭气冲鼻，情形令人作呕。

又几步远，曾是一处卖油炸食物的摊点。经年累月，油锅上方的高压线挂满油烟嘟噜了，如同南方农家灶口上方挂了许多年的腊肠。架子上的变压器也早已熏黑了。某夜，城管发起“突击”，将那一处的地面砖重铺了，围上了栏杆，栏杆内搭起“执法亭”了。白天，摊主见大势已去，也躺在地上闹过，但最终以和平方式告终。

本就很窄的街面，在一侧的人行道旁，又隔了一道八十厘米宽的栏杆，使那一侧无法停车了。理论上是这样一道算式——斜停车辆占路面一米五宽即一百五十厘米的话，如此一来，无法停车了，约等于路面被少占了七十厘米。两害相比取其轻，不得已而为之的办法，一种精神上的“胜利”。这条极可能经常发生城管人员与占道经营、无照经营、不卫生经营者之间的严峻斗争的小街，十余年来，其实并没发生过什么斗争事件。斗争不能使这一条小街变得稍好一些，相反，恐怕将月无宁日、日无宁时。这是双方都明白的，所以都尽量地互相理解、互相体恤。

也不是所有的门面和摊位都会使街道肮脏不堪。小街上有多家理发店、照相馆、洗衣店、打印社，还有茶店、糕点店、眼镜店、鲜花店、房屋中介公司、手工做鞋和卖鞋的小铺面，它们除了方便于居民，可以说毫无负面的环境影响。我经常去的两家打印社，主人都是农村来的。他们的铺面月租金五六千元，而据他们说，每年还有五六万的纯收入。

这是多么养人的一条小街啊！出租者和租者每年都有

五六万的收入，而且或是城市底层人家、或是农村来的同胞，这是一切道理之上最硬的道理啊！其他一切道理，难道还不应该服从这一道理吗？

在一处拐角，有一位无照经营的大娘，她几乎每天据守着一平方米多一点儿的摊位卖咸鸭蛋。一年四季，寒暑无阻，已在那儿据守了十余年了。一天才能挣几个钱啊！如果那点儿收入对她不是很需要，七十多岁的人了，想必不会坚持了吧。

大娘的对面是一位东北农村来的姑娘，去年冬天她开始在拐角那儿卖大馇子粥。一碗三元钱，玉米很新鲜，那粥香啊！她也只不过占了一平方米多一点儿的人行道路面。可是据她说，每月也能挣四五千元！因为玉米是自家地里产的，除了点儿运费，几乎再无另外的成本。她曾对我说："我都二十七了还没结婚呢，我对象家穷，我得出来帮他挣钱，才能盖起新房啊！要不咋办呢？"

再往前走十几步，有一位农家妇女用三轮平板车卖豆浆、豆腐，也在那儿坚持十余年了。旁边是用橱架车卖烧饼的一对夫妻，丈夫做，妻子卖，同样是小街上的老生意人。寒暑假期间，两家的两个都是小学生的女孩也来帮大人忙生计。

炎夏之日，小脸儿晒得黑红；而寒冬时，小手冻得肿乎乎的。两个女孩的脸上，都呈现着历世的早熟的沧桑了。

有次我问其中一个：“你俩肯定早就认识了，一块儿玩儿不？”

她竟说：“也没空儿呀，再说也没心情！”

回答得特实在，实在得令人听了心疼。

“五一”节前，拐角那儿出现了一个五十来岁的外地汉子，挤在卖咸鸭蛋的大娘与卖鞋垫的大娘之间，仅占了三十厘米来宽的一小块儿地方，蹲在那儿，守着装了硬海绵的小木匣，其上插五六支风轮，彩色闪光纸做的风轮。他引起我注意的原因不仅是因为他卖成本那么低、肯定也挣不了几个小钱的东西，还因为他右手戴着一种廉价的劳保手套，原本是白色、现已脏成了黑色的线手套。

我心想：你这外地汉子呀，北京再能谋到生计、这条街再养得活人，你靠卖风轮那也还是挣不出一天的饭钱的呀！你这大男人脑子进水啦？找份儿什么活儿干不行，非得蹲这儿卖风轮？

然而，我一次、两次、三次、四次地看到他挤在两位大娘之间，蹲在那儿，五月快过去了他才消失。

我买鞋垫时问大娘："那人的风轮卖得好吗？"

大娘说："好什么呀！快一个月了只卖出几支，一支才卖一元钱，比我这鞋垫儿还少五角钱！"

卖咸鸭蛋的大娘接言道："他在老家农村干活儿时，一条手臂砸断了，残了，右手是只假手。不是觉得他可怜，我俩还不愿让他挤中间呢……"

我顿时默然。

卖咸鸭蛋的大娘又说，其实她一个月也卖不了多少咸鸭蛋，只能挣五六百元而已。这五六百元还仅归她一半儿。农村有养鸭的亲戚，负责每月给她送来鸭蛋，她负责腌，负责卖。

"儿女们挣的都少，如今供孩子上学花费太高，我们这种没工作过也没退休金的老人，"——她指指旁边卖鞋垫的大娘，"哪怕每月能给第三代挣出点儿零花钱，那也算儿女们不白养活我们呀……"

卖鞋垫的大娘就一个劲儿点头。

我不禁联想到了卖豆制品的和卖烧饼的。他们的女儿，已在帮着他们挣钱了。父母但凡工作着，小儿女每月就必定得有些零花钱。

我的脾气，如今竟变好了。小街日复一日年复一年地教育了我，逐渐使我明白我的坏脾气与这一条小街是多么的不相宜。再遇到使我怒从心起之事，每能强压怒火，上前好言排解了。若竟懒得，则命令自己装没看见，扭头一走了之。

而这条小街少了我的骂声，情形却也并没更糟到哪儿去。正如我大骂过几遭，情形并没有因而就变好点儿。

我觉得不少人都变得和我一样好脾气了。

有次我碰到了那位曾说恨不得开辆坦克从街头轧到街尾的熟人。

我说："你看我们这条小街还有法儿治吗？"

他苦笑道："能有什么法儿呀？理解万岁呗，讲体恤呗，讲和谐呗……"

由他的话，我忽然意识到，紧绷了十余年的这一条小街，它竟自然而然地生成了一种品格，那就是人与人之间的体恤。所谓和谐，对于这一条小街，首先却是容忍。

有些同胞生计、生活、生存之艰难辛苦，在这一条小街呈现得历历在目。小街上还有所小学瓷砖围墙上，镶着陶行知的头像及"爱满天下"四个大字。墙根低矮的冬青丛中藏污纳垢，叶上经常粘着痰。行知先生终日从墙上望着这条小街，我每觉他的目光似乎越来越忧郁，却也似乎越来越温柔了。

尽管时而紧张，但十余年来，却又未发生什么溅血的暴力冲突，这也真是一条品格令人钦佩的小街！

发生在小街上的一些可恨之事，往细一想，终究是人心可以容忍的。另有一些可恨之事，却断不能以“容忍”二字轻描淡写地对待。

“为之于未有，治之于未乱。”老聃此言胜千言万语也！

老驼

我这个出生在哈尔滨市的人，下乡之前没见到过真的骆驼。当年哈尔滨的动物园里没有骆驼，虽然据说也曾是有过一头的……我下乡之前没去过几次动物园，总之是没见到过真的骆驼。当年中国人家也没电视，便是骆驼的活动影像也没见过。

然而骆驼之于我，却并非陌生动物。当年不少男孩子喜欢收集烟盒，我也是。一名小学同学曾向我炫耀过“骆驼”牌卷烟的烟盒，实际上不是什么烟盒，而是外层的包装纸。划开胶缝，压平了的包装纸，其上印着英文。当年的我们不识得什么英文不英文的，只说成是“外国字”。当年的烟不时兴“硬包装”，再高级的烟，也无例外地是“软包装”。故严格讲，不管什么人，在中国境内能收集到的都是烟纸。

烟盒是我按现在的来说的。

那“骆驼”牌卷烟的烟纸上，自然是有着一头骆驼的。但那烟纸令我们一些孩子大开眼界的其实倒还不是骆驼，而是因为“外国字”。那是我第一次见到外国的东西，竟有种被震撼的感觉。当年的孩子是没什么崇洋意识的，但依我们想来，那肯定是在中国极为稀少的烟纸。物以稀为贵。对于喜欢收集烟纸的我们，是珍品啊！有的孩子愿用数张“中华”“牡丹”“凤凰”等当年也特高级的卷烟的烟纸来换，遭断然拒绝。于是在我们看来，那烟纸更加宝贵。

故我当年一看到“骆驼”二字，或一联想到骆驼，心底便念起我那少年的朋友来。

后来我下乡、上大学，十年左右的时间里，竟再没见到“骆驼”二字，也没再联想到它。

落户北京的第一年，带同事的孩子去了一次动物园，我才见到了真的骆驼，数匹，有卧着的、有站着的，极安静、极闲适的样子，像是有骆峰的巨大的羊。肥倒是挺肥的，却分明被养懒了，未必仍具有在烈日炎炎之下不饮不食还能够长途跋涉的毅忍精神和耐力了。那一见之下，我对“沙漠之舟”残余的敬意和神秘感荡然无存。

后来我到新疆出差，乘吉普车行于荒野时，又见到了骆驼。秋末冬初时节，当地气候已冷，吉普车从戈壁地带驶近沙漠地带。夕阳西下，大如轮，红似血，特圆特圆地浮在地平线上。

陪行者忽然指着窗外大声说：“看、看，野骆驼！”

于是吉普车停住，包括我在内的车上的每一个人都朝窗外望。外边风势猛，没人推开窗。三匹骆驼屹立风中，也从十几米外望着我们。它们颈下的毛很长，如美髯，在风中飘扬。峰也很挺，不像我在动物园里见到的同类，峰向一边软塌塌地歪着。但皆瘦，都昂着头，姿态镇定，使我觉得眼神里有种高傲劲儿，介于牛马和狮虎之间的一种眼神。事实上人是很难从骆驼眼中捕捉到眼神的。我竟有那种自以为是的感觉，大约是由于它们镇定自若的姿势给予我那么一种印象罢了。

我问它们为什么不怕车？

有人回答说这条公路上运输车辆不断，它们见惯了。

我又问这儿骆驼草都没一棵，它们为什么会出现在离公路这么近的地方呢？

有人说它们是在寻找道班房，如果寻找到了，养路工会给它们水喝。

我说骆驼也不能只喝水呀，它们还需要吃东西啊！新疆的冬天非常寒冷，肚子里不缺食的牛羊都往往会被冻死，它们找到几丛骆驼草实属不易，岂不是也会冻死吗？

有人说：当然啦！

有人说：骆驼天生是苦命的，野骆驼比家骆驼的命还苦，被家养反倒是它们的福分，起码有吃有喝。

还有人说：这三头骆驼也未必便是名副其实的野骆驼，很可能曾是家骆驼。主人养它们，原本是靠它们驮运货物来谋生的。自从汽车运输普及了，骆驼的用途渐渐过时，主人继续养它们就赔钱了，得不偿失，反而成负担了。可又不忍干脆杀了它们吃它们的肉，于是骑到离家远的地方，趁它们不注意，搭上汽车走了，便将它们抛弃了，使它们由家骆驼变成了野骆驼。而骆驼的记忆力是很强的，是完全可以回到主人家的。但骆驼又像人一样，是有自尊心的。它们能意识到自己被抛弃了，所以宁肯渴死饿死冻死，也不会重返主人的家园。但它们对人毕竟养成了一种信任心，即使成了野骆驼，见了人还是挺亲的……

果然，三头骆驼向吉普车走来。

最终有人说：“咱们车上没水没吃的，别让它们空欢喜一场！”

我们的车便开走了。

那一次在野外近距离见到了骆驼以后，我才真的对它们心怀敬意了，主要因它们的自尊心。动物因有自尊心，虽为动物，在人看来，便也担得起“高贵”二字了。

后来我从一本书中读到一小段关于骆驼的文字——有时它们的脾气竟也大得很，往往是由于倍感屈辱。那时它们的脾气比所谓“牛脾气”大多了，连主人也会十分害怕。有经验的主人便赶紧脱下一件衣服扔给它们，任它们践踏任它们咬。待它们发泄够了，主人拍拍它们，抚摸它们，给它们喝的吃的，它们便又服服帖帖的了。

毕竟，在它们的意识中，习惯于主人是它们自身不可分割的一部分。

不久前，我在内蒙古的一处景点骑到了一头骆驼背上。那景点养有一百几十头骆驼，专供游人骑着过把瘾。但须一头连一头，连成一长串，集体行动。我觉有东西拱我的肩，勉强侧身一看，见是我后边的骆驼翻着肥唇，张大着嘴。它的牙比马的牙大多了。我怕它咬我，可又无奈。我骑的骆驼夹在前后两匹骆驼之间，拴在一起，想躲也躲不开它。倘它一口咬住我的肩或后颈，那我的下场就惨啦！我只得尽量向前俯身，但无济于事。骆驼的脖子那么长，它的嘴仍能轻而易举地拱到我。有几次，我感觉到它柔软的唇贴在了我的脖梗上，甚至感觉到它那排坚硬的大牙也碰着我的脖梗了。倏忽间我于害怕中明白——它是渴了，它要喝水。而我，一手扶鞍，另一只手举着一瓶还没拧开盖的饮料。既明白了，我当然是乐意给它喝的。可驼队正行进在波浪般起伏的沙地间，我不敢放开扶鞍的手，如果掉下去会被后边的骆驼踩着的。就算我能拧开瓶盖，也还是没法将饮料倒进它嘴里啊，那我得有好骑手在马背上扭身的本领，我没那种本领。我也不敢将饮料瓶扔在沙地上由它自己叼起来，倘它连塑料瓶也嚼碎了咽下去，我怕锐利的塑料片会划伤它的胃肠。真是怕极了，也无奈到家了。

它却不拱我了。我背后竟响起了喘息之声。那骆驼的喘息，类人的喘息，如同负重的老汉紧跟在我身后，又累又渴，希望我给“他”喝一口水。而我明明手拿一瓶水，却偏不给“他”喝上一口。

我做不到的呀！

我盼着驼队转眼走到终点，那我就可以拧开瓶盖，恭恭敬敬地将一瓶饮料全倒入它口中了。可驼队刚行走不久，离终点还远呢！我一向以为，牛啦、马啦、骡啦、驴啦，包括驼和象，它们不论干多么劳累的活儿都是不会喘息的。那一天那一时刻我才终于知道我以前是大错特错了。

既然骆驼累了是会喘息的，那么一切受我们人所役使的牲畜等动物肯定也会的，只不过我以前从未听到过罢了。

举着一瓶饮料的我，心里又内疚又难受。

那骆驼不但喘息，而且还咳嗽了，一种类人的咳嗽，又渴又累的一个老汉似的咳嗽。

我生平第一次听到骆驼的咳嗽声……

一到终点，我双脚刚一着地，立刻拧开瓶盖要使那头骆驼喝到饮料。偏巧这时管骆驼队的小伙子走来，阻止了我。

因为我手中拿的不是一瓶矿泉水，而是一瓶葡萄汁。

我急躁地问："为什么非得是矿泉水？葡萄汁怎么了？怎么啦？！"

小伙子讷讷地说，他也不太清楚为什么，总之饲养骆驼的人强调过不许给骆驼喝果汁型饮料。

我问他这头骆驼为什么又喘又咳嗽的。

他说它老了，说是旅游点买一整群骆驼时白"搭给"的。

我说它既然老了，那就让它养老吧，还非指望这么一头老骆驼每天挣一份儿钱啊？

小伙子说你不懂，骆驼它是恋群的。如果驼群每天集体行动，单将它关在圈里，不让它跟随，它会自卑，它会郁闷的。而它一旦那样了，不久就容易病倒的……

我无话可说，无话可问了。

老驼尚未卧下，一动不动地站在原处，瞪着双眼睇视我，说不清望的究竟是我，还是我手中的饮料。

我经不住它那种望，转身便走。

我们几个人中，还有著名编剧王兴东。我将自己听到那老驼的喘息和咳嗽的感受，以及那小伙子的话讲给他听，他说他骑的骆驼就在那头老驼后边，他也听到了。

不料他还说："梁晓声，那会儿我恨死你了！"

我惊诧。

他谴责道："不就一瓶饮料吗？你怎么就舍不得给它喝？"

我便解释那是因为我当时根本做不到的。何况我有严重的颈椎病，扭身对我来说是件困难的事。

他愣了愣，又自责道："是我骑在它身上就好了，是我骑在它身上就好了！我多次骑过马，你当时做不到的，我能做到……”

我顿时觉他可爱起来。暗想，这个王兴东，我今后当引为朋友。

几个月过去了，我耳畔仍每每听到那头老驼的喘息和咳嗽，眼前也每每浮现它睇视我的样子。

由那老驼，我竟还每每联想到许许多多被“啃老”的老父亲老母亲们。他们之被“啃老”，通常也是儿女们的无奈。但儿女们手中那瓶“亲情饮料”，儿女们是否也想到了那正是老父老母们巴望饮上一口的呢？而在日常生活中，那是比在驼背上扭身容易做到的啊！

天地间，倘没有一概的动物，自远古时代便唯有人类。我想，那么人类在情感和思维方面肯定还蒙昧着呢？万物皆可开悟于人啊！

鸳鸯劫

冯先生是我的一位画家朋友，擅画鸳鸯，在工笔画家中颇有名气。近三五年，他的画作与拍卖市场结合得很好，于是他十分阔绰地在京郊置了一幢大别墅，还建造了一座庭院。

那庭院里蓄了一塘水，塘中养着野鸭、鸳鸯什么的，还有一对天鹅。

冯先生搬到别墅后不久，有次亲自驾车将我接去，与我分享他的快乐。

我俩坐在庭院里的葡萄架下，吸着烟，品着茶，一边观赏着塘中水鸟们优哉游哉地游动，一边东一句西一句地闲聊。

我问："它们不会飞走吗？"

冯先生说："不会的。是托人从动物园买来的，买来之前已被养熟了。没有人迹的地方，它们反而不愿去了。”

我又问：“天鹅与鸳鸯，你更喜欢哪一种？”

答曰：“都喜欢。天鹅有贵族气；鸳鸯，则似小家碧玉，各有其美。”

又说：“我也不能一辈子总画鸳鸯啊！我卖画的渠道挺多，不仅在拍卖行里卖，也有人亲自登门购画。倘属成功人士，多要求为他们画天鹅。但也有普通人前来购画，对他们来说，能购到一幅鸳鸯戏荷图，就心满意足了。画鸳鸯是我最擅长的，技熟于心，画起来快，所以价格也就相对便宜些。普通人的目光大抵习惯于被色彩吸引，你看那雄鸳鸯的羽毛多么艳丽，那正是他们所喜好的嘛！我卖画给他们，也不仅仅是为了钱。他们是揣着钱到这儿来寻求对爱情的祝福的。我满足了他们的心理需求，自己也高兴。”

我虚心求教：“听别人讲，鸳鸯鸳鸯，雄者为鸳，雌者为鸯；鸳不离鸯，鸯不离鸳，一时分离，岂叫鸳鸯。不知道其中有没有什么典故？”

冯先生却说他也不太清楚，他只对线条、色彩，以及构图技巧感兴趣，至于什么典故不典故，他倒从不关注。

三个月后，已是炎夏。

某日，我正睡午觉，突然被电话铃惊醒，抓起一听，是冯先生。

他说："惊心动魄！惊心动魄呀！哎，我刚刚目睹了一个惊心动魄的事件！这会儿我的心还怦怦乱跳呢，不说出来，我受的那种刺激肯定无法平息！"

我问："光天化日，难道你那保卫森严的高档别墅区里发生了溅血凶案不成？"

他说："那倒不是，那倒不是，但我的庭院里，刚刚发生了一场事关生死存亡的大搏斗！"

我说："你别制造悬念了，快讲，讲完了放电话，我困着呢！"

于是，冯先生语气激动地讲述起来。

冯先生中午也是要休息一个多钟头的，但他有一个习惯，睡前总是要坐在他那大别墅二层的落地窗前，俯视庭院里的花花草草，静静地吸一锅烟。那天，他磕尽烟灰正要站起身来的时候，忽见一道暗影自天而降，斜坠向庭院里的水塘。他定睛细看，"哎呀"一声，竟是一只苍鹰，企图从水塘里捕捉一只水鸟。水鸟们受此惊吓，四散而逃。两只天鹅猝临险况，反应迅疾，扇着翅膀跃到了岸上。苍鹰一袭未成，不肯善罢甘休，旋身飞上天空，第二次俯冲下来，盯准的目标是那只雌鸳鸯。而水塘里，除了几株荷，再没什么可供水鸟们藏身的地方。偏那些水鸟因久不飞翔，飞的本能已经大大退化。

冯先生隔窗看呆了。

正在那雌鸳鸯命悬一线之际，雄鸳鸯不逃窜了。它一下子游到了雌鸳鸯前面，张开双翅，勇敢地扇打俯冲下来的苍鹰。结果苍鹰的第二次袭击也没成功。那苍鹰似乎饿急了，它飞上空中，又开始第三次进攻。而雄鸳鸯也又一次飞离水面，用显然弱小的双翅扇打苍鹰的利爪，拼死保卫它的雌鸳鸯。力量悬殊的战斗，就这样展开了。

令冯先生更加吃惊的是：塘岸上的一对天鹅，一齐展开双翅，扑入塘中，加入了保卫战。在它们的带动之下，那些野鸭呀、鹭鸶呀都不再恐惧，先后参战。水塘里一时间情况大乱……待冯先生不再发呆，冲出别墅时，战斗已经结束。苍鹰一无所获，不知去向。水面上，羽毛零落，有鹰的、也有那些水鸟的……我听得也有几分发呆，困意全消。待冯先生讲完，我忍不住关心地问：“那只雄鸳鸯怎么样了？”

他说："惨！惨！几乎是遍体鳞伤，两只眼睛也瞎了。"

他说他请了一位宠物医院的医生，为那只雄鸳鸯处理伤口。医生认为，如果幸运的话，它还能活下去。于是他就将一对鸳鸯暂时养在别墅里了。

到了秋季，我带着几位朋友到冯先生那里去玩儿，发现他的水塘里增添了一道"风景"——雌鸳鸯将它的一只翅膀，轻轻地搭在雄鸳鸯的身上，在塘中缓缓地游来游去，不禁使人联想到一对挽臂散步的恋人。

而那只雄鸳鸯已不再有往日的美丽，它的背上、翅膀，有几处地方呈现出裸着褐色疮疤的皮。那几处地方，是永远也不会再长出美丽的羽毛了……更令人动容的是：塘中的其他水鸟，包括两只雪白的、气质高贵的天鹅，只要和那对鸳鸯相遇，都会自觉地给它们让路，仿佛那是不言而喻之事，仿佛已成塘中的文明准则。尤其那一对天鹅，当它们让路时，每每曲颈，将它们的头低低地俯下，一副崇敬的姿态。

我心中自然清楚那是为什么，我悄悄对冯先生说："在我看来，它们每一只都是高贵的。"

冯先生默默地点了一下头，表示完全同意我的看法。

不知内情的人，纷纷向冯先生发问，冯先生略述前事，众人皆肃默。

是日，大家被冯先生留住，在庭院中聚餐。酒至三巡，众人逼我为一对鸳鸯作诗。我搪塞不过，趁几分醉意，胡诌成五绝一首：

为爱岂固死，
有情才相依。
劫前劫后鸟，
直教人惭极。

有专业歌者，借他人熟曲，击碗而歌。众人皆击碗和之。罢，意犹未尽。冯先生率先擎杯至塘边，泼酒以祝。众人皆效仿。

然塘中鸳鸯，隐荷叶一侧，不睬岸上之人，依然相偎小憩。两头依靠，呈耳鬓厮磨状。那雌鸳鸯的一只翅膀，竟仍搭在雄鸳鸯的背上。

不久前某日，忽又接到冯先生电话。他寒暄一句，随即便道："它们死了！"

我愕然，轻问："谁？"

答："我那对鸳鸯……"

于是想到，已与冯先生中断往来两年之久了。他先是婚变，后妻是一"京漂"，芳龄二十一，比冯先生小三十五岁。正新婚宴尔，祸事却猝不及防——他某次驾车回别墅区时，撞在水泥电线杆上，严重脑震荡，久医病轻，然落下手臂挛颤之症，无法再作画矣。后妻便闹离婚，他不堪其恶语之扰，遂同意。后妻离开时，暗中将其画作全部转移。此时的冯先生，除了他那大别墅和早年间积攒的一笔存款，也就再没剩什么了。坐吃山空，前景堪忧。

我不知该对他说什么好。

冯先生呜呜咽咽地告诉我，塘中的其他水鸟，因为无人喂养，都飞光了。

我又一愣，半天才问出一句话："不是都养熟了吗？"

对方又是一阵呜咽。

冯先生没有回答我的疑问，就把电话挂了。

我陷入了沉思，突然想到了一句话："万物互为师学，天道也。"

一只风筝的一生

这是春季里一个明媚的日子。阳光温柔，风儿和煦，鸟儿的歌唱此起彼伏。

一丛年轻的竹，在一户人家后院愉快地交谈。它们都正感受一种生命蓬勃生长的喜悦，也都在预想和憧憬着它们的将来。有的希望做排，有的希望做桅杆，有的希望做家具，有的希望做工艺品……

还有一个说："我才不希望被做成另外的任何东西呢！我只想永永远远地是我自己，永永远远地是一棵竹！但愿我的根上不断长出笋，让我由一而十、而百、而生发成一片竹林……"

它的话音刚落，有一个男人握着砍刀走来。他是一个专做风筝、卖风筝的男人。他这一天又要做一只风筝。

他上下打量那一丛年轻的竹。它们在他那种审视的目光之下，顿时都紧张得叶子瑟瑟发抖。

此刻，对那一丛年轻的竹而言，那个瘦小黝黑其貌不扬的男人，乃是决定它们命运的上帝。他使它们感到无比怵畏。

他的目光终于只瞧着那棵“不希望被做成另外的任何东西”的竹了。他缓缓地举起了砍刀……

不待那棵竹做出哀求的表示，他已一刀砍下。在一阵如同呻吟的折断声中，它的枝叶似乎想要拽住另外那些竹的枝叶，然而它们都屏息敛气，尽量收缩起自己的枝叶避免受它的牵连……

它无助地倒下了……

被拖走了……

做风筝的男人将它剁为几段，选取了其中最满意的一段。接着将那一段劈开，砍成了无数篾子。

他只用几条篾子就熟练地扎成了一只风筝的骨架。其余的篾子都收入柜格中去了。而剩下的几段，已对他没什么用处了。被他的女人抱出去，散乱地扔在院子里，只等着晒干后当柴烧。

美丽的、蝶形的风筝很快做好了。它是用兜风性很好的彩绸裱糊成的。

当做风筝的人欣赏着它的时候，风筝得意地畅想着——啊，我诞生了！我是多么漂亮、多么轻盈啊！我要高高地飞翔！

后来那风筝就被一位父亲替自己六七岁的儿子买去。

在另一个明媚的日子里，父亲带着儿子将风筝放起来了。它越飞越高，越飞越高，飞到了一只真的蝴蝶所根本不能达到的高度。他们还用彩纸叠了几只小花篮，一只接一只套在风筝线上，让风送向风筝……

许多行人都不由得驻足仰头观望那只美丽的风筝。

风筝也自高空朝地面俯瞰着。

它更加得意了。

它对另一只风筝喊："瞧，多少人被我的美丽和我达到的高度所吸引呀！我比你飞得高！"

"我比你飞得高！那些人是被我的美丽和我达到的高度所吸引的！"

另一只风筝不服气起来。

"我飞得高！"

"我飞得高！"

"我美丽！"

“我比你美丽！我像蝴蝶，而你像什么呀！不过像一只普通的毛色单一的鸟罢了……”

于是它们在空中争吵。

于是它们都不顾风筝线的松紧，各自拼命往更高处升，都一心想超过对方的高度……

不幸得很，蝶形的风筝，首先挣断了控制它高度和操纵它方向的线，从空中翻着斤斗坠落着……

一阵突起的大风将它刮走了……

翌日，一个女人站在自家窗前，若有所思地凝视着它——它被缠在电线上了……

几只麻雀——城市里司空见惯的、最普通毛色、最单一的小东西落在电线上。它们对那只美丽的、蝶形的风筝感到十分好奇，叽叽喳喳地评论它。不久后开始啄它，还大不敬地往它上面拉屎……

第一场雨下起来了……

然后风开始刮得尘土飞扬令人讨厌了……

被缠在电线上的风筝，湿了又干了，干了又湿了。它粘满尘土，肮脏了……

最初它仅能吸引一些人的目光。他们一旦发现它，都不禁驻足望它一会儿，都会说出一两句惋惜的话，或心里产生一些惋惜的想法。

风筝不但肮脏了，而且破了。它的用竹篾编扎成的骨架暴露了，像鱼刺从一条烂鱼的皮下穿出来一样。

一旦发现它的人都赶紧低下头，它容易使人产生不好的联想了。

只有麻雀们仍愿落近它，仍喜欢啄它。当然，更加肆无忌惮地往它上面拉屎。仿佛它变得越狼狈不堪，越使它们感到高兴似的。

还有那个女人，也一直在天天隔窗关注着它由美变丑的过程。

她是一位女散文家，那风筝触发了她的某种文思。于是不久她写成了一篇充满伤感意味的叹物散文发在报上。于是此篇散文一时被四处转载，被收入“散文精品丛书”之类，不久后获奖。

女散文家用三千元奖金买了一套时装。

她的亲朋好友都说她穿上那一套时装显得气质特别端庄，特别高贵，总之是特别超凡脱俗。她穿着它出现在文化活动和社交场合，甚至行走在路上时，常会招来刮目相看的目光。她也十分需要这个，这也能使她那颗女人的心获得极大的满足。她因此暗暗感激那只被电线缠住的风筝……不，更真实更准确地说，是暗暗感激“俘虏”了那只风筝的电线……

有一位摄影家，从报上读到了女散文家的那篇散文，并且也从报上知道她那篇散文获奖了。

于是有一天，他挎着摄影机，提着三脚架按照她那篇散文所提供的线索，来到了她家住的那一条街。男摄影家被女散文家以感伤的文字所描写的一只风筝由美变丑的过程所影响，来为那只不幸的风筝拍一张艺术照片。他的初念并没什么功利目的，只不过受种中年人常常会产生的感事伤怀的心绪所驱使，想以摄影的方式抒发凭吊对某一事物的忧郁情怀罢了。

他选好了角度，支牢三脚架，耐心地期待着光线的变化，连拍了一卷儿才离去。

他将胶卷冲洗出来，惊喜地发现有一张的意境拍得格外之好。他在暗房中又进行了几次艺术处理，使那一张成了很独特的艺术摄影。

后来他举办了一次个人摄影展，那一张当然也放大了悬置其中。取题为《一只风筝的弥留之际》。

他是位颇有名气的摄影家。参观的人不少。许多人都在《一只风筝的弥留之际》前沉思冥想，或故作沉思冥想状。

其实那也算不上是一张怎样出色的摄影作品，只不过看了令人觉得感伤、忧郁罢了。

但当代人的问题是物质生活水平越提高了心情越忧郁；精神生活内容越丰富了精神越空虚；越没多少值得感伤的事儿了越空前地感伤。这是一种时尚、一种时髦、一种病，一种互相传染而且没什么特效药可治的病。人们都觉得自己也处在弥留之际了似的，包括正年轻着的男女。

替摄影家操办摄影展的经纪人，从人们的神情中预测到了这一艺术摄影的商业价值。他起先估计得太低了。他让手下人暗中将出售标价牌儿为他偷来了，打算再加一个零，或再加两个零……

突然响起了一个孩子的哭叫声："这是我的风筝！我到处找过它！我能认出这就是我那只风筝！"

这孩子曾因失去了那只风筝而非常难过。他和它之间似乎已存在着一种感情了。

他央求他父亲替他将那摄影作品买下……

当父亲的不忍拒绝儿子，领着儿子找到了那经纪人。

经纪人伸出了一根指头。

“一千？”

经纪人摇摇头，向那当父亲的出示标价牌儿——一千后已被加上一个零了。

孩子很懂事。知道这完全超出了父亲的经济实力，噙着泪，一步三回头地跟着父亲走了……

那摄影作品立即被一位“大款”买定。“大款”倒不太喜欢它。他喜欢的是当众在别人买不起时，自己一掷“万”金买下任何东西的那份儿好感觉。

那摄影作品被一位“大款”以万金买定的事见了报，并且此消息报道配有那摄影作品。

女散文家那天一看报，当即给自己的代理律师拨通了电话，指出这是公然的侵权，甚至是公然的剽窃。因为摄影作品的构思，分明是来自于她那篇不但获奖还被收入“散文精品丛书”的散文……

于是一场“版权”官司又见报。

寂寞的报界大喜过望，“炒”得个“天翻地覆慨而慷”。

那当父亲的看到了有关报道，心想若说“版权”，“原始版权”是属于我的呀！

他向女散文家和男摄影家同时进行了起诉，使得报界更加大喜过望。电台、电视台也不甘落后，分头进行采访。由于案例独特，律师界终于被诱上钩，自觉不自觉地卷入了大讨论。媒体推波助澜，使讨论发展成了辩论。于是有经济头脑的人，不失时机地就此事组织了一场法律系大学生的辩论大赛；于是学生们在电视里唇枪舌剑，势不两立；于是有人从中大发广告效益之财；于是引起一位杂文家对此现象的批评；于是引起另一位杂文家的措辞激烈的“商榷”；于是有人支持前者，有人支持后者，掀起了一场杂文大战，使各报战火弥漫、硝烟滚滚；于是引起一部分社会学家的忧患，而另一部分社会学家认为这一切其实很正常，大可不必杞人忧天……

第二年春天里的一个日子，在那一户人家后院，那一丛都长高了几节的年轻的竹子，又在愉快地交谈着：

“还记得咱们那个不希望被做成另外的任何东西的兄弟吗？可怜的家伙，结果落了个尸骨不全的下场！”

“嗨，你不提，我们早把它忘了！我一点儿也不同情它，谁叫它那么狂妄呢！”

那用完了竹篾的男人，又握着砍刀走来了。

竹们顿时全吓得悄无声息，连一片最小的叶子也不敢抖动一下……

又一只美丽的风筝将诞生了。

又一根竹四分五裂了。

许多种美的诞生是以另外许多种美的毁灭为代价的，而在这过程和其后，更会有许多无聊的没意思的事伴随着……

玉顺嫂的股

九月出头，北方已有些凉。

我在村外的河边散步时，晨雾从对岸铺过来。庄稼地里，割倒的苞谷秸不见了，一节卡车的挂斗车厢也被隐去了轮，像江面上的一条船。

这边的河岸蕤生着狗尾草，草穗的长绒毛吸着显而易见的露珠，刚浇过水似的。四五只红色或黄色的蜻蜓落在上边，翅子低垂，有一只的翅膀几乎是在搂抱着草穗。它们肯定昨晚就那么落着了，一夜的霜露弄湿了翅膀，分明也冻得够呛。不等到太阳出来晒干双翅，大约是飞不起来的。我竟信手捏住了一只的翅膀，指尖感觉到了微微的水湿。可怜的小东西们接近着麻木了，由麻木而极其麻痹。那一只在我手中听天由命地缓缓转动着玻璃球似的头，我看着这种世界上眼睛最大的昆虫因为秋寒到来而丧失了起码的警觉，一时心生出忧伤来。“穿花蛱蝶深深见，点水蜻蜓款款飞”的季节过去了，它们的好日子已然不多，这是确定无疑的。它们不变得那样还能怎样呢？我轻轻将那只蜻蜓放在草穗上，而小东西随即又垂拢翅膀搂抱着草穗了。河边土地肥沃且水分充足，狗尾草占尽生长优势，草穗粗长，草籽饱满，看去更像狗尾巴了。

“梁先生……”

我一转身，见是个少年。雾已漫过河来，他如在云中，我也是。我在村中见到过他。

我问：“有事？”

他说：“我干妈派我，请您到她家去一次。”

我又问：“你干妈是谁？”

他腼腆了，讷讷地说：“就是……就是……村里的大人都叫她玉顺嫂那个……我干妈说您认识她……”

我立刻就知道他干妈是谁了。

这是个极寻常的小村，才三十几户人家，不起眼。除了村外这条河算是特点，此外再没什么吸引人的方面。我来到这里，是由于盛情难却。我的一位朋友在此出生，他的老父母还生活在村里。村里有一位民间医生善推拿，朋友说治颈椎病是他的“绝招”。我每次回哈尔滨，那朋友是必定得见的。而每次见后，他总是极其热情地陪我回来治疗颈椎病。效果姑且不谈，其盛情却是只有服从的。算这一次，我已来过三次，已认识不少村人了。玉顺嫂是我第二次来时认识的——那是冬季，也在河边。我要过河那边去，她要过河这边来，我俩相遇在桥中间。

“是梁先生吧？”她背一大捆苞谷秸，望着我站住，一脸的虔敬。

我说是。她说要向我请教问题。我说那您放下苞谷秸吧。她说背着没事儿，不太沉，就几句话。

“你们北京人知道的情况多，据你看来，咱们国家的股市，前景到底会怎么样呢？”

我不由一愣，如同鲁迅在听祥林嫂问他：人死后究竟是有灵魂的吗？

她问得我心里咯噔一下。

我是从不炒股的。然每天不想听也会听到几耳，所以也算了解点儿情况。

我说：“不怎么乐观。”

“是吗？”她的双眉顿时紧皱起来了。同时，她的身子似乎顿时矮了，仿佛背着的苞谷秸一下子沉了几十斤。那不是由于弯腰所致，事实上她仍尽量在我面前挺直着腰。给我的感觉不是她的腰弯了，而是她的骨架转瞬间缩巴了。

她又说："是吗？"目光牢牢地锁定我，竟有些发直，我一时后悔。

"您……也炒股？"

"是啊，可……你说不怎么乐观是什么意思呢？不怎么好？还是很糟糕？就算暂时不好，以后必定又会好的吧？村里人都说会的，他们说专家们一致是看好的。你的话，使我不知该信谁了……只要沉住气，最终还是会好的吧？"

她一连串的发问，使我根本无言以对。也根本料想不到，在这么一个仅三十几户人家的小村里，会一不小心遇到一名股民，还是农妇！

我明智地又说："当然，别人的看法肯定是对的……至于专家们，他们比我有眼光。我对股市行情太缺乏研究，完全是外行，您千万别把我的话当回事儿……否极泰来，否极泰来……"

"我不明白……"

"就是……总而言之，要镇定，保持乐观的心态是正确的……”

我敷衍了几句，匆匆走过桥去，接近逃跑。

在朋友家，他听我讲了经过，颇为不安地说：“肯定是玉顺嫂，你说了不该那么说的话……”

朋友的老父母也不安了，都说那可咋办？那可咋办？

朋友告诉我，村里人家多是王姓，如果从爷爷辈论，皆五服内的亲戚关系，也皆闯关东的山东人后代，祖父辈的人将五服内的亲戚关系带到了东北。排论起来，他得叫玉顺嫂姑。只不过，如今不那么细论了，概以近便的乡亲关系相处。三年前，玉顺嫂的丈夫王玉顺在自家地里起土豆时，一头栽倒死去了。那一年他们的儿子在上技校，他们夫妻已攒下了八万多元钱，是预备翻盖房子的钱。村里大部分人家的房子都翻盖过了，只她家和另外三四家住的还是从前的土坯房。丈夫一死，玉顺嫂没了翻盖房子的心思。偏偏那时，村里人家几乎都炒起股来。村里的炒股热，是由一个叫王仪的人煽呼起来的。那王仪曾是某大村里的中学老师，教数学，且教得一向极有水平，培养出了不少尖子生，他们屡屡在全县甚至全省的数学竞赛中取得名次。他退休后，几名考上了大学的学生表达师恩，凑钱买了一台挺高级的笔记本电脑送给他。

不知从何日起，他便靠那台电脑在家炒起股来，每逢人便喜滋滋地说：赚了一笔又赚了一笔。村人们被他的话拨弄得眼红心动，于是有人就将存款委托给他代炒。他则一一爽诺，表示肯定会使乡亲们都富起来。委托之人渐多，玉顺嫂最终也把持不住欲望，将自家的八万多元钱悉数交付给他全权代理了。起初人们还是相信他经常报告的好消息的，但消息再闭塞的一个小村，还是会有些外界的情况、说法挤入的。于是有人起疑了，天天晚上也看起电视里的财经频道来。以前，人们是从不看那类频道的，每晚只选电视剧看。开始看那类频道了，疑心难免增大，有天晚上大家便相约了到王仪家郑重“咨询”。王仪倒也态度老实，坦率承认他代每一户人家买的股票全都损失惨重。还承认，其实他自己也将他们两口子多年辛苦挣下的十几万全赔进去了。他煽呼大家参与炒股，是想运用大家的钱将自家损失的钱捞回来……

他这么替自己辩护：我真的赚过！一次没赚过我也不会有那种想法。我利用了大家的钱确实不对，但从理论上讲，我和大家双赢的可能也不是一点儿没有！

愤怒的大家哪里还愿多听他“从理论上”讲什么呢？就在他家里，当着他老婆孩子的面，委托给他的钱数大或较大的人，对他采取了暴烈的行动，把他揍得也挺惨。即使对于农民，当时也非仓里有粮，心中不慌的时代，而同样是钱钞为王的时代了。他们是中国挣钱最不容易的人之一。明知钱钞天天在贬值已够忧心忡忡的，一听说各家的血汗钱几乎等于打了水漂儿，又怎么可能不急眼呢？兹事体大，什么“五服”内“五服”外的关系，当时对于拳脚丝毫不是障碍了。第二天王仪离家出走了，以后就再没在村里出现过。他的家人说，连他们也不知他的下落了。各家惶惶地将所剩无几的股渣清了仓。

从此，这小村的农民们闻股变色，如同真实存在的股市是真真实实的蟒蛇精，专化形成性感异常的美女，生吞活咽幻想“共享富裕”的人。但人们转而一想，也就只有认命。可不嘛，些个农民炒的什么股呢？说到底自己被忽悠了也得怨自己，好比自己割肉喂猛兽了，而且猛兽并没扑向自己，而是自己主动割上赶着喂的，疼得要哭叫起来也只能背着人哭、到旷野上去叫呀！

有的人，一见到或一想到玉顺嫂，心里还会备受道义的拷问与折磨——大家是都认命清仓了，却唯独玉顺嫂仍蒙在鼓里！仍在做着股票升值的美梦！仍整天沉浸于她当初那八万多元已经涨到了二十多万的幸福感之中。告诉她八万多元已损失到一万多了也赶紧清仓吧，于心不忍，怕死了丈夫不久的她承受不住真话的沉重打击；不告诉呢，又都觉得自己简直不是人了！我的朋友及他的老父母尤其受此折磨，因为他们家与玉顺嫂的关系真的在“五服”之内，是更亲近的。

朋友正讲着，玉顺嫂来了。朋友一反常态，当着玉顺嫂的面一句接一句数落我，极尽讽刺挖苦之能事，无非说我这个人一向不懂装懂，自以为是，由于长期被严重的颈椎病所纠缠，看什么事都变成了不可救药的悲观主义者云云。朋友的老父母也参与演戏，说我也曾炒过股，亏了几次，所以一谈到股市心里就没好气，自然念衰败经。我呢，只有嘿嘿讪笑，尽量表现出承认自己正是那样的。

玉顺嫂是很容易骗的女人。她高兴了，劝我要多住几天。说大冬天的，按摩加上每晚睡热乎乎的火炕，颈椎病会有减轻。

我说是的是的，我感觉痛苦症状减轻多了，这个村简直是我的吉祥地……

玉顺嫂走后，我和朋友互相看看，良久无话。我想苦笑，却连一个苦的笑都没笑成。

朋友的老父母则都喃喃自语。

一个说："这算干什么？这算干什么……"

另一个说："往后还咋办？还咋办……"

…………

我跟那礼貌的少年来到玉顺嫂家，见她躺在炕上。

她一边坐起来一边说："还真把你给请来了，我病着，不下炕了，你别见怪啊……"

那少年将桌前的一把椅子摆正，我看出那是让我坐的地方，笑笑，坐了下去。

我说不知道她病了。如果知道，会主动来探望她的。

她叹口气，说她得了风湿性心脏病，一检查出来已很严重，地里的活儿是根本干不了啦，只能慢慢腾腾地自己给自己弄口饭吃了。

我心一沉，问她儿子目前在哪儿。

她说儿子已从技校毕业，在南方打工。知道家里把钱买成了股票后，跟她吵了一架，又赌气一走，连电话也很少打给她了。

我心不但一沉，竟还疼了一下。

她望着少年又说，多亏有他这个干儿子，经常来帮她做点儿事。接着问少年："是叫的梁先生吗？"

我替少年回答是的，夸了他一句。

玉顺嫂也夸了他几句，话题一转，说她是请我来写遗嘱的。

我一愣，急安慰她不要悲观，不要思虑太多，没必要嘛。

玉顺嫂又叹口气，坚决地说："有必要啊！你别安慰我了，安慰我的话我听多了，没一句能对我起作用的。何况你梁先生是一个悲观的人，悲观的人劝别人不要悲观，那更不起作用了！你来都来了，便耽误你点儿时间，这会儿就替我把遗嘱写完吧……"

那少年从抽屉里取出纸、笔以及印泥盒，一一摆在桌上。

在玉顺嫂那种充满信赖的目光的注视之下，我犹犹豫豫地拿起了笔。

按照她的遗嘱，子虚乌有的二十二万多元钱，二十万留给她的儿子，一万元捐给村里的小学，一万元办她的丧事，包括修修她丈夫的坟，余下三千多元，归她的干儿子……

我接着替她给儿子写了封遗书，她嘱咐儿子务必用那二十万元给自己修一处农村的家园，说在农村没有了家园的农民的儿子，人生总归是堪忧的。并嘱咐儿子千万不要也炒股，那份儿提心吊胆的滋味实在不好……

我回到朋友家里，将写遗嘱之事一说，朋友长叹道："我的任务总算完成了。希望由你这位作家替她写遗嘱，成了她最大的心愿……"

我张张嘴，一个字也没说出来。

序、家信、情书、起诉状、辩护书，我都替人写过不少。连悼词也曾写过几次的。遗嘱却是第一次写，然而是多么不靠谱的一份遗嘱啊！值得欣慰的是，同时代人写了一封语重心长的遗书；一位母亲留给儿子的遗书；一封对得住作家的文字水平的遗书……

这么一想，我心情稍好了点儿。

第二天下起了雨。

第三天也是雨天。

第四天上午，天终于放晴，朋友正欲陪我回哈尔滨，几个村人匆匆来了，他们说玉顺嫂死在炕上。

朋友说："我不能陪你走了……"

他眼睛红了。

我说："那我也留下来送玉顺嫂入土吧，我毕竟是替她写过遗嘱的人。"

村人们凑钱将玉顺嫂埋在了她自家的地头，她丈夫的坟旁，也凑钱替她丈夫修了坟。她儿子没赶回来，唯一能与之联系的手机号码被告诉停机了。

没人敢做主取出玉顺嫂的股钱来用，怕被她那脾气不好的儿子回来时问责，惹出麻烦。

那是一场极简单的丧事，却还是有人哭了。

丧事结束，我见那少年悄悄问我的朋友："叔，干妈留给我的那份儿钱，我该跟谁要呢？"

朋友默默看着少年，仿佛聋了，哑了。他求助地将目光望向我。

我胸中一大团纠结，郁闷得有些透不过气来，同样不知说什么好。

路边草丛之下，遍地死蜻蜓。一场秋雨一场寒……

小垃圾女

我第一次见到她，是在元月下旬的一个日子，那天刮着五六级风。家居对面，元大都遗址上的高树矮树，皆低俯着它们光秃秃的树冠，表示对冬季之厉色的臣服。偏偏十点左右，商场来电话，通知安装抽油烟机的师傅往我家出发了……

前一天我就将旧的抽油烟机卸下来丢弃在楼口外了。它已为我家厨房服役十余年，油污得不成样子，我早就对它腻歪透了。一除去它，上下左右的油污彻底暴露，我得赶在安装师傅到来之前刮擦干净。洗涤灵、去污粉之类难起作用，我想到了用湿抹布滚粘了沙子去污的办法。我在外边寻找到些沙子用小盆往回端时，见个十一二岁的女孩站在铁栅栏旁。我丢弃的那台脏兮兮的抽油烟机，已被她弄到那儿。并且，一半已从栅栏底下弄到栅栏外；另一半，被突出的部分卡住。

女孩正使劲跺踏着。她穿得很单薄，衣服裤子旧而且小。脚上是一双夏天穿的扣绊布鞋，破袜子露脚面。两条齐肩小辫，用不同颜色的头绳扎着。她一看见我，立刻停止跺踏，双手攥一根栅栏，双脚蹬在栅栏的横条上，悠荡着身子，仿佛在那儿玩儿的样子。那儿少了一根铁栅，传达室的朱师傅用粗铁丝拦了几道。对于那女孩来说，钻进钻出仍是很容易的。分明，只要我使她感到害怕，她便会一下子钻出去逃之夭夭。而我为了不使她感到害怕，主动说："孩子，你是没法弄走它的呀！"倘她由于害怕我仓皇钻出时刮破了衣服，甚或刮伤了哪儿，我内心里肯定会觉得不安的。

她却说："是一个叔叔给我的。"又开始用她的一只小脚跺踏。

果而有什么"叔叔"给她的话，那么只能是我。我当然没有。

我说："是吗？"

她说："真的。"

我说："你可小心……"

我的话还没说完，她已弯下腰去，一手捂着脚腕了。破裂了的塑料是很锋利的。我说："唉，扎着了吧？你倒是要这么脏兮兮的东西干什么呢？”她说：“卖钱。”其声细小。说罢抬头望我，泪汪汪的，显然是疼的。接着低头看自己捂过脚腕的小手，手掌心上染血了。我端着半盆沙子，一时因我的明知故问和她小手上的血而发呆在那儿。她又说：“我是穷人的女儿。”其声更细小了。她的话使我那么的始料不及，我张张嘴，竟不知再说什么好。而商场派来的师傅到了，我只有引领他们回家。他们安装时，我翻出一片创可贴，去给那女孩，却见她蹲在那儿哭，脏兮兮的抽油烟机不见了。我问哪儿去了？

她说被两个蹬手板车收破烂儿的大男人抢去了，说他们中一个跳过栅栏，一接一递，没费什么事儿就成他们的了……我问能卖多少钱？她说十元都不止呢，哭得更伤心了。我替她用创可贴护上了脚腕的伤口，又问：“谁教你对人说你是穷人的女儿？”她说：“没人教，我本来就是。”我不相信没人教她，但也不再问什么。我将她带到家门口，给了她几件不久前清理的旧衣物。她说：“穷人的女儿谢谢您了叔叔。”我又始料不及，觉得脸上发烧。我兜里有些零钱，本打算掏出全给了她的，但一只手虽已插入兜里，却没往外掏。那女孩的眼，希冀地盯着我那只手和那衣兜。我说：“不用谢，去吧。”她单肩背起小布包下楼时，我又说：“过几天再来，我还有些书刊给你。”听着她的脚步声消失在外边我才抽出手，不知不觉中竟出了一手的汗。我当时真不明白我是怎么了……

事实上我早已察觉到了那女孩对我的生活空间的“入侵”。那是一种诡秘的行径，但仅仅诡秘而已，绝不具有任何冒犯的意味，更不具有什么危险的性质。无非是些打算送给朱师傅去卖，暂且放在门外过道的旧物，每每再一出门就不翼而飞了。左邻右舍都曾说撞见过一个小小年纪的“女贼”在偷东西。我想，便是那“穷人的女儿”无疑了……

四五大后的一个早晨我去散步，刚出楼口又一眼看见了她。仍在第一次见到她的地方，她仍然悠荡着身子在玩儿似的。她也同时看见了我，语调亲昵地叫了声叔叔。而我，若未见她，已将她这一个穷人的女儿忘了。

我驻足问：“你怎么又来了？”她说：“我在等您呀叔叔。”——语调中掺入了怯怯的，自感卑贱似的成分。我说：“等我？等我干什么？”她说：“您不是答应再给我些您家不要的东西吗？”我这才想起对她的许诺，搪塞地说：“挺多呢，你也拎不动啊！”“喏”——她朝一旁翘了翘下巴，一个小车就在她脚旁。说那是“车”，很牵强，只不过是一块带轮子的车底板。显然也是别人家扔的，被她捡了。我问她脚好了吗？她说还贴着创可贴呢，但已经不怎么疼了。之后，一双大眼瞪着我又强调地说：“我都等了您几个早晨了。”

我说：“女孩，你得知道，我家要处理的东西，一向都是给传达室朱师傅的，已经给了几年了。”我的言下之意是，不能由于你改变了啊！

她那双大眼睛微微一眯，凝视我片刻说：“他家里有个十八九岁的残疾女儿，你喜欢她是不是？”我不禁笑着点了一下头。“那，一次给她家，一次给我，行不？”她专执一念地对我进行说服。我又笑了，我说：“前几天刚给过你一次，再有不是该给她家了吗？”她眨眨眼说：“那，你已经给她家几年了，也多轮我几次吧！”我又想笑，却怎么也笑不起来了。心里一时很觉酸楚，替眼前花蕾之龄的女孩，也替她那张能说会道的小嘴儿。我终不忍令她太过失望，二次使她满足……我第三次见到那女孩，日子已临近春节了。我开口便道：“这次可没什么东西打发你了。”女孩说：“我不是来要东西的。”她说从我给她的旧书刊中发现了一个信封，怕我找不到着急，所以接连两三天带在身上，要当面交我。那信封封着口，无字。我撕开一看，是稿费单及税单而已。她问：“很重要吧？”我说：“是的，很重要，谢谢你。”她笑了：“咱俩之间还谢什么。”她那窃喜的模样，如同受到了庄严的表彰。而我却看出了破绽——封口处，留下了两个小小的脏手印儿。夹在书刊里寄给我的单据，从来是不封信封口的。好一个狡黠的“穷人的女儿”啊！她对我动的小心眼儿令我心疼她。“看”——她将一只脚伸过栅栏，我发现她脚上已穿着双新的棉鞋了，摊儿上卖的那一种。并且，她一偏头，故意让我瞧见她的两只小辫已扎着红绫了。我说：“你今天真漂亮。”她悠荡着身子说：“我妈妈决定，今年春节我们不回老家了。”“爸爸是干什么的？”她略愣，遂低下了头。我正后悔自己不该问，她抬起头说：“叔叔，初一早晨我会给您拜年。”我说不必。她说一定。我说我也许会睡懒觉。她说那她就等。说您不会初一整天不出家门的呀！说她连拜年的话都想好了：“叔叔马年吉祥，恭喜发财！”“叔叔我一定来给你拜年！”说完，猛转身一蹦一跳地跑了。两只小辫上扎的红绫，像两只蝴蝶在她左右肩翻飞……

初一我起得很早。倒并不是因为和那“穷人的女儿”有个比较郑重的约会，而是由于三十儿夜晚看一本书看得失眠了。我是个越失眠反而越早起的人，却也不能说与那个比较郑重的约会毫无关系。其实我挺希望初一一大早走出家门，一眼看见一个一身簇新，手儿、脸儿洗得干干净净，两条齐肩小辫扎得精精神神的小姑娘快活地大声给我拜年："叔叔马年吉祥，恭喜发财！"——尽管我不相信那真能给我带来什么财运……

一上午，我多次伫立窗口朝下望，却始终不见那"穷人的女儿"的小身影，下午也是。到今天为止，我再没见过她，却时而想到她。每一想到，便不由得在内心默默祈祷：小姑娘，马年吉祥，恭喜发财……

玻璃匠和他的儿子

二十世纪八十年代以前，城市里每能见到一类游走匠人——他们背着一个简陋的木架走街串巷；架子上分格装着些尺寸不等，厚薄不同的玻璃。他们一边走一边招徕生意：“镶——窗户……镶——镜框……镶——相框！”

他们被叫作“玻璃匠”。有时，人们甚至直接这么叫他们：“哎，镶玻璃的！”

他们一旦被叫住，就有点儿钱可挣了，或一角，或几角。总之，除了成本，也就是一块玻璃的原价，他们一次所挣的钱，绝不会超过几角去。一次能挣五角钱的活，那就是“大活儿”了。他们一个月遇不上几次大活儿的。一年四季，他们风里来雨里去，冒酷暑，顶严寒，为的是一家人的生活。他们大抵是些由于这样或那样的原因而被拒在体制以外的人。按今天的说法，是些当年“自谋生路”的人。有“玻璃匠”的年代，城市百姓的日子普遍都过得很拮据，也便特别仔细。不论窗玻璃裂碎了，还是相框玻璃或镜子裂碎了，那大块儿的，是舍不得扔的。专等玻璃匠来了，给切割一番，拼对一番。要知道，那是连破了一只瓷盆都舍不得扔，专等锔匠来了给锔上的穷困年代啊！

玻璃匠开始切割玻璃时，每每吸引不少好奇的孩子围观。孩子们的好奇心，主要是由“玻璃匠”那一把玻璃刀引起的。玻璃刀本身当然不是玻璃的。玻璃刀看上去都是样子差不了多少的刃具，像临帖的毛笔。刀头一般长方而扁，其上固定着极小的一粒钻石。玻璃刀之所以能切割玻璃，完全靠那一粒钻石。没有了那一粒小之又小的钻石，一把玻璃刀便一钱不值了。玻璃匠也就只得改行，除非他再买一把玻璃刀。而当时一把玻璃刀一百几十元，相当于一辆新自行车的价格。对于靠镶玻璃养家糊口的人来说，谈何容易！并且，也极难买到。因为在当时的中国，钻石本身太稀缺了。所以当时中国的玻璃匠们，用的几乎全是从前的，即一九四九年前的玻璃刀。将一粒小之又小的钻石固定在铜或钢的刀头上，是一种特殊的工艺。可想而知，玻璃匠们是多么爱惜他们的玻璃刀！与侠客对自己的兵器的爱惜程度相比，也是不算夸张的。每一位玻璃匠都一定为他们的玻璃刀做了套子。像从前的中学女生为自己心爱的钢笔织一个笔套。有的玻璃匠，甚至为他们的玻璃刀做了双层的套子。一层保护刀头，另一层连刀身都套进去；再用一条链子系在内衣兜里，像系着一块宝贵的怀表似的。当他们从套中抽出玻璃刀，好奇的孩子们就将一双双眼睛瞪大了。玻璃刀贴着尺在玻璃上轻轻一划，随之出现一道纹，再经玻璃匠的双手有把握地一掰，玻璃就沿纹齐整地分开了，在孩子们看来那是不可思议的……

我的一位中年朋友的父亲，便是从前年代的一名玻璃匠。他的父亲有一把德国造的玻璃刀。那把玻璃刀上的钻石，比许多玻璃刀上的钻石都大，约半个芝麻粒儿那么大。它对于他的父亲和他的一家来说，意味着什么不必细说。

有一次我这位朋友在我家里望着我父亲的遗像，聊起了自己曾是玻璃匠的父亲，聊起了那一把被他父亲视如宝物的玻璃刀。我听他娓娓道来，心中感慨万千。

他说他父亲一向身体不好，脾气也不好。他十岁那一年，他母亲去世了，从此他父亲的脾气就更不好了。而他是长子，身下有一个弟弟一个妹妹。父亲一发脾气，他就首先成了出气筒。年纪小小的他，和父亲的关系越来越紧张，也越来越冷漠。他认为他的父亲一点儿也不关爱他和弟弟妹妹。他暗想，自己因而也有理由不爱父亲。他承认，少年时的他，心里竟有点恨自己的父亲……

有一年夏季，他父亲回老家去办理他祖父的丧事。父亲临走，指着一个小木匣严厉地说："谁也不许动那里边的东西！"——他知道父亲的话主要是说给他听的。同时猜到，父亲的玻璃刀放在那个小木匣里了。但他也毕竟是个孩子啊！别的孩子感兴趣的东西，他也免不了会对之产生好奇心呀！何况那东西是自己家里的，就放在一个没有锁的，普普通通的小木匣里！于是父亲走后的第二天——他打开了那个小木匣，父亲的玻璃刀果然在内。但他只不过将玻璃刀从双层的绒布的套子里抽出来欣赏一番，比画几下而已。他以为他的好奇心会就此满足，却没有。第三天他又将玻璃刀拿在手中，好奇心更大了。找到块碎玻璃试着在上边划了一下，一掰，碎玻璃分为两半，他就觉得更好玩儿了。以后的几天里，他也成了一名小玻璃匠，用东捡西拾的碎玻璃，为同学们切割出了一些玻璃的直尺和三角尺，大受欢迎。然而最后一次，那把玻璃刀没能在玻璃上划出纹来，仔细一看，刀头上的钻石不见了！他这一惊非同小可，心里毛了，手也被玻璃割破了。他怎么也没想到，使用不得法，刀头上那粒小之又小的钻石，是会被弄掉的。他完全搞不清楚是什么时候掉的，可能掉在哪儿了，就算清楚，又哪里会找得到呢？就算找到了，凭他，又如何安到刀头上去呢？他对我说，那是他人生中所面临的第一次重大事件。甚至，是唯一的一次重大事件。以后他所面临过的某些烦恼之事的性质，都不及当年那一件事严峻。他当时可以说是吓傻了……由于恐惧，那一天夜里，他想出了一个卑劣的办法——第二天他向同学借了一把小镊子，将一小块碎玻璃在石块上仔仔细细捣得粉碎，夹起半个芝麻粒儿那么小的一个玻璃碴儿，用胶水粘在玻璃刀的刀头上了。那一年是一九七二年，他十四岁……

三十余年后，在我家里，想到他的父亲时，他一边回忆一边对我说："当年，我并不觉得我的办法卑劣。甚至，还觉得挺高明。我希望父亲发现玻璃刀上的钻石粒儿掉了时，以为是他自己使用不慎弄掉的。那么小的东西，一旦掉了，满地哪儿去找呢？既然找不到，哪怕怀疑是我搞坏的，也没有什么根据，只能是怀疑啊！”

他的父亲回到家里后，吃饭时见他手上缠着布条，问他手指怎么了？他搪塞地回答，生火时不小心被烫了一下。父亲没再多问他什么。

翌日，父亲一早背着玻璃箱出门挣钱去。才一个多小时就回来了，脸上阴云密布。他和他的弟弟妹妹吓得大气儿都不敢出一口。然而父亲并没问玻璃刀的事，只不过仰躺在床，闷声不响地接连吸烟……

下午，父亲将他和弟弟妹妹叫到跟前，依然阴沉着脸但却语调平静地说：“镶玻璃这种营生是越来越不好干了。哪儿哪儿都停产，连玻璃厂都不生产玻璃了。玻璃匠买不到玻璃，给别人家镶什么呢？我要把那玻璃箱连同剩下的几块玻璃都卖了。我以后不做玻璃匠了，我得另找一种活儿挣钱养活你们……”

他的父亲说完，真的背起玻璃箱出门卖去了……

以后，他的父亲就不再是一个靠手艺挣钱的男人了，而是一个靠力气挣钱养活自己儿女的男人了。他说，后来他的父亲做过临时搬运工，做过临时仓库看管员，还做过公共澡堂的临时搓澡人，居然还放弃一个中年男人的自尊，正正式式地拜师为徒，在公共澡堂里学过修脚……

而且，他父亲的暴脾气，不知为什么竟一天天变好了，不管在外边受了多大委屈和欺辱，再也没回到家里冲他和弟弟妹妹宣泄过。那当父亲的，对自己的儿女们，也很懂得问饥问寒地关爱着了。这一点一直是他和弟弟妹妹心中的一个谜，虽然都不免奇怪，却并没有哪一个当面问过他们的父亲。

到了我的朋友三十四岁那一年，也就是二十世纪九十年代初，他的父亲因积劳成疾，才六十多岁就患了绝症。在医院，在曾做过玻璃匠的父亲的生命之烛快燃尽的日子里，我的朋友对他的父亲孝敬倍增。那时，他们父子的感情已变得非常深厚了。一天，趁父亲精神还可以，儿子终于向父亲承认，二十几年前，父亲那一把宝贵的玻璃刀是自己弄坏的，也坦白了自己当时那一种卑劣的想法……

不料他父亲说："当年我就断定是你小子弄坏的！"

儿子惊讶了："为什么，父亲？难道你从地上找到了……那么小那么小的东西啊，怎么可能呢？"

他的老父亲微微一笑，语调幽默地说："你以为你那种法子高明啊？你以为你爸就那么容易受骗呀？你又哪里会知道，我每次给人家割玻璃时，总是习惯用大拇指抹抹刀头。

那天，我一抹，你粘在刀头上的玻璃碴子，扎进我大拇指肚里去了。我只得把揣进自己兜里的五角钱又掏出来退给人家了。我当时那种难堪的样子就别提了，那么些个大人孩子围着我看呢！儿子你就不想想，你那么做，不是等于要成心当众出你爸的洋相吗？”

儿子愣了愣，低声又问：“那你，当年怎么没暴打我一顿？”

他那老父亲注视着他，目光一下变得极为温柔，语调缓慢地说：“当年，我是那么想来着。恨不得几步就走回家里，见着你，掀翻就打。可走着走着，似乎有谁在我耳边对我说，你这个当爸的男人啊，你怪谁呢？你的儿子弄坏了你的东西不敢对你说，还不是因为你平日对他太凶吗？你如果平日使他感到你对于他是最可亲爱的一个人，他至于那么做吗？一个十四岁的孩子，那么做是容易的吗？换成大人也不容易啊！不信你回家试试，看你自己把玻璃捣得那么碎，再把那么小那么小的玻璃碴儿粘在金属上容易不容易？你儿子的做法，是怕你怕的呀！我走着走着，我就流泪了。那一天，是我当父亲以来，第一次知道心疼孩子。以前呢，我的心都被穷日子累糙了，顾不上关怀自己的孩子们了……”

“那，爸你也不是因为镶玻璃的活儿不好干了才……”

“唉，儿子你这话问的！这还用问吗？”

我的朋友，一个三十五六岁的儿子，伏在他老父亲身上，无声地哭了。

几天后，那父亲在他的两个儿子一个女儿的守护之下，安详而逝……

我的朋友对我讲述完了之后，我和他不约而同地吸起烟来，长久无话。

那时，夕照洒进屋里，洒了一地，洒了一墙。我老父亲的遗像，沐浴着夕照，他在对我微笑。他也曾是一位脾气很大的父亲，也曾使我们当儿女的都很惧怕。可是从某一年开始，他忽然判若两人似的，变成了一位性情温良的父亲。

我望着父亲的遗像，陷入默默的回忆——在我们几个儿女和我们的老父亲之间，想必也曾发生过类似的事吧？那究竟是一件什么事呢？——可我却没有我的朋友那么幸运，至今也不知道。而且，也不可能知道了，将永远是一个谜了……

老茶农和他的女儿

当女儿的手轻轻推开了窗扇，呵——一阵馥郁的气息随之而至。顿时，她几乎醉了。

那是茶乡的早晨的气息。

城市和乡村的最根本的区别乃在于——乡村是有气息的，正如婴儿是浑身散发奶味的。而城市没有。

窗外，山丘波状的曲线近在眼前。一行行修剪过的茶树，从山脚至山头，层层叠叠，宛如梯田，使整座山丘成为茶山。

在对面的山腰，有这一户人家的几亩茶树。而房屋的左右两边，也是茶山。后边，是一条河。晚上，汩汩之声，彻夜入耳。那是河的永无休止的絮语，也是这茶乡的人们听惯了的。孩子们在家乡河的絮语声中长大成人，于是到城市里去试探人生的前途和世界的深浅。或者，像父母辈一样，成为新一代的茶农。近年，这茶乡的年轻人中，前一种越来越多了，后一种越来越少了。因为种茶也像种庄稼一样，一年到头，辛辛苦苦，也挣不到多少钱了。外出的年轻人，即使在城市里始终没有获得到什么有保障的人生，那也还是不情愿回到这一个茶乡的。偶尔回来，往往是由于自己在城市里闯荡得实在是太累了，或者父母病了……

然而芸这一次回到家乡来，却是为了能在一个绝对不受任何干扰的地方潜心完成她的“出站”论文的。芸是这个茶乡的骄傲。因为她不但至今仍是这个茶乡唯一考上大学的姑娘，而且现在已经读到博士后了。所以她要完成的论文，也就不是什么一般的毕业论文，而叫“出站”论文。一般听了，是不太明白的。

芸在清明前十几天就回到茶乡了，那时的南方，天气还没怎么转暖。父亲每天起得很早，悄无声息地做好饭，热在锅里，然后自己便背着茶篓上山采茶去了。有时自己也吃几口饭；有时，则连口饭也不吃。芸习惯了熬夜。为将论文写到优等的水平，每天睡得很晚，自然起来得也就很晚。一般总是在八点钟以后才醒。散步、洗漱、吃罢早饭，也就快九点了。一回到房间，便又埋头于写作了。等到父亲叫她的时候，肯定便是中午了。那时父亲已采回过一篓茶叶了。无论第二篓茶叶采满还是没采满，父亲都会在中午之前及时赶回家里，为的是能让女儿及时吃到午饭。开饭的时间，和大学食堂一样正点。午饭后，父亲刷锅洗碗，闲不住地收拾收拾这儿，打扫打扫那儿。而芸，照例再出去散步一小会儿。等芸散步回来，父亲或者盖件衣服在竹躺椅上睡着了，或者又背着茶篓采茶去了。那么，芸也开始午休了。她往往一觉睡到三点钟。那时，父亲已背回了下午采的第一篓茶。父亲总是悄无声息地回来，又悄无声息地离去。那些日子，父亲经常说："茶叶又涨价了。新茶生出得那么快，可是生出的一笔笔钱啊，不采回家里多可惜。"有时是对芸说，有时是自言自语。对芸说的时候，是在饭桌上的时候；自言自语的时候，是在芸放下碗筷要去散步的时候。那时候，芸并不接话的。怕一接话，父亲就跟她说起来没完。对于父亲的自言自语，芸只当是人老了，很普遍的现象。

在家乡的日子里，确切地说是在回家的日子里，芸的感觉好极了。芸至今还是一个独身女子。她不是一个漂亮女子，当然也不是一个多么丑的学习机器。她只不过不漂亮而已。那么对于她，在这个世界上目前只有一个家，便是有父母的地方，便是这个茶乡的这一幢两层的老木屋。它留给她的回忆都是那么的温暖。正如她所料想的那样，她写论文的过程没受到过任何干扰。除了在她回到家里的当天，有些乡亲们闻讯来看她，家里再就没人来过。因为父亲和乡亲们打过招呼了。那天父亲往家院外送乡亲们时，芸听到父亲这么说："我女儿这次回来和往年回来不一样。她这次是为了能安心地写好论文才回来的。那对她将来的前途要紧得很哩！大伙儿互相转告转告，还没来看过她的，先就不要来了吧。等我女儿写好了论文再来看她也不迟。"第二天吃早饭时，芸关心地问父亲为什么夜里咳嗽不止？并表示愿意陪着父亲到镇里的医院去检查检查。父亲笑了笑，说没什么大不了的，老毛病了，春秋两季常犯的，过了季节就好了。她本想到镇里去替父亲买药的，但一离开饭桌，伏到写字桌上去，不一会儿就忘了。晚上，父亲夹着被褥睡到楼下去了。芸也就没听到过父亲的咳嗽声……

芸有一个哥哥。哥哥嫂子有一个女儿，已经七岁了。哥哥嫂子带着女儿到广州打工去了。若从广州回来就和父亲住在一起。他们还没有自己的家。他们带着孩子到广州去打工，为的就是挣够一笔足够的钱，也好早日盖起一处他们自己的家。而芸的母亲五年前去世了，芸竟没能及时赶回家乡和母亲见上最后一面。芸在大学里读的是新闻专业，毕业了通常是要当记者的。省城的一家报社在学校里进行招聘活动时，面试后对芸相当满意，基本上是将她预先聘定了。是她自己后来变卦了。大学快毕业的芸，对自己的人生有了更高的追求，觉得当记者太没意思了。人生的更高的追求，在芸的思想里，肯定是要凭借更高的学历去实现的。于是考研。芸有很好的记忆力，不久便成了本校经济学系的研究生。然而经济学非是她所喜欢的，也不相信学了经济学自己的人生将来便注定获得优越的经济基础，于是又向比更高还高的人生目标发起冲刺；三年后她成了北京某所大学中文系的博士生，专业方向是中国古典诗词研究。

母亲正是在她成为博士生那一年去世的。母亲去世前，哥哥曾给她写过一封信，告诉她母亲是多么想她，而且病了。那时芸正以“头悬梁，锥刺股”般的刻苦精神备考，哪里会接到哥哥的一封信就十万火急地赶回家呢？等她顺利考完，隔了几天回到家乡时，母亲已成土中之人。芸自然是很悲痛的。她埋怨哥哥不该在信中将母亲的病告之得那么轻描淡写。而哥哥，一句话都没说，狠狠瞪她一眼，起身走到外边去了。

倒是父亲向她承认，是他不许哥哥在信中写得太明白，怕她着急上火，影响了考博的状态。

事实上，芸是幸运的，在获得研究生文凭以后，也曾有多种在省城就业的机会。但已经获得了研究生文凭的芸，觉得自己的就业人生不该是在省城里开始，而应该是在北京实现。既然自己具有那么强的记忆能力，既然自己那么善于考试，既然考博能使自己特别令人羡慕地成为北京人，干吗不呢？而读博的几年里，芸的日子基本上过得挺快活。人生初级阶段的最后竞争业已获胜，怀抱着不可名状的优越感，芸也有好情绪进行恋爱了。两次恋爱却都未成功。一次因男方多次地也是公然地蔑视她的博士学位而夭折；一次因她自己的虚荣而告终——那个男人对她倒是无限的崇拜，但是个子比她矮了三厘米。如果她不是博士，仅仅是一名普通的大本毕业生，那么那三厘米的身高差距她也许还是可以包涵的。但是自己已经是一位女博士生了啊，于是那三厘米的差距她就无论怎么也跨不过去了。然而她倒也没觉得心灵上留下了多么大的创面。疼还是疼过几天的，仅仅几天之后就结痂了，日子便又渐渐恢复了快活的状态。干吗不快活呢？

校园的环境那么美好；两人一间宿舍；博士同学是已婚

女子，更多的时候那间宿舍完全属于她自己；如果自己并不向导师请教什么问题，导师是不怎么过问她究竟在干什么的；至于专业呢，古典诗词的背后，有着许许多多或流芳千古或鲜为人知的才子佳人们的爱情故事，对于芸而言，研究那些故事是趣味无穷的；而最主要的心情快活的保障是——她再也不像是大本生和研究生时那么手头拮据了。博士生的生活补助够每月吃饭的了，协助导师编书的报酬也不菲。自己还为某杂志开辟了一个专门介绍古典诗词背后的爱情故事的专栏，颇受好评，杂志社竟给她开出了最高稿酬，每月又是相当稳定的一千来元的入项……

昨天晚上，吃罢饭，芸没有像往日一样立刻起身回到自己的房间去。

她说："爸，我的论文写完了！"——说完，伸了个懒腰，一副大功告成的喜悦模样儿。她对自己的论文质量很满意，也很自信。

父亲望着她，欣慰地说："好啊。写完了好。"

芸又说："我怎么觉得我没瘦，反而胖了呢！"

父亲就笑了，再没说话。

怎么会瘦了呢？

饭桌上几乎顿顿没断过鱼汤或鸡汤。老茶农对自己是博士的女儿的爱心，全都煨在汤里了。

“爸，我已经决定了明天下午就回北京去。”

“明天就回去？”

“我想学校的环境了。爸，我们的校园可大了，可美了！有湖，还有假山。湖里有野鸭，我想那些野鸭了……”

“女儿，你是不是还要再往下读好几年的书呢？”

“爸，我再也不必考什么学位了！我想，我已经该算是我这个专业的精英了。”

“什么鹰？”

“爸，你别想错了！好比一座宝塔，我已经是塔尖上的人了。”

“好。好啊。女儿，你终于出息了……”

不知为什么，父亲嘴上这么说着，表情却变得忧郁了。

女儿困惑地问：“爸，你有什么愁事儿吗？”

老茶农微微摇头道：“没有。女儿，你这么出息，爸爸还会有什么愁事呢？就是真有，也不愁了。只是，茶叶又涨价了……”

“茶叶涨价了不是好事吗？”

“是啊，是好事。可我一个人，采不过来啊！”

“爸，那就雇人嘛！”

“雇人倒是省事。但四六分钱，一小半被别人得了，不划算啊！”

“爸，采一斤茶叶能卖多少钱？”

“十二三元呢。”

“那您一天采十斤，不才能卖一百二三十元嘛？爸，您就别计较划算不划算的了，干脆雇人吧！”

“干脆雇人？”

“干脆雇人！”

临睡前，当女儿的塞给父亲一千元钱，说是早就想寄回家来孝敬父亲的。

父亲却无论如何不肯收下。

父亲说：“女儿，我不缺钱。真的不缺。你在北京花销大，还是你留着吧。”

…………

现在，女儿的皮箱已经放在门口了，单等着听到摩托车的喇叭声，拎起来就走了。

她已归心似箭。

可父亲为什么还不回来呢?

女儿望着山上那些采茶的身影，看不出哪一个是自己的父亲。

可自己一会儿就要走了，父亲为什么一早还要上山去采茶呢?不就多采回一斤茶才能卖十二三元钱吗?

女儿心里正这么责备着父亲，却听到了父亲上楼的脚步声;一转身，父亲已在跟前，手拿一只塑料袋，里边装的是刚煮熟的茶叶蛋。就在此时，一个本村的小伙子，在老屋前按响了他的摩托车喇叭。父亲头天晚上求他用摩托车将芸送到镇上去，镇上有去省城的长途公共汽车……

当芸已经坐在直达北京的特快列车上时，认出坐在自己对面的，竟是邻村的一位远房叔叔。

于是二人亲热地聊了起来。

“叔，到北京干什么去?”

“还能干什么去?打工呗!”

“如今一斤茶就能卖十二三元了，还非得背井离乡地去打工?”

“谁说一斤茶叶能卖十二三元了?”

“我父亲啊。”

“他骗你哩！现而今茶叶不稀罕了，种茶的收入也薄多了。清明前的头遍茶，最高价也就以每斤四五元来收！清明一过，一斤才能卖两元钱！”

“可，可……可我爸他骗我干什么呢？”

“我怎么知道！哎，芸啊，你父亲的病轻了重了？”

“我父亲……我父亲得什么病了？”

“你不知道？你不知道，我倒不好说了……”

“叔，快告诉我！……”

“唉，芸啊，你父亲他得的是肺癌啊！他已经是个活一天赚一天的人了啊！……”

车轮隆隆……

列车向北，向北……

直达北京，而且特快，自然向北……

那茶乡，那老屋，那驻守着老屋的老父亲，离是博士后的女儿分分秒秒地远离着……

车轮隆隆，仿佛在说：“回来！回来！”

当女儿的心里霎时明白了——茶叶的价格已经降到两元钱一斤了，而父亲却骗她说涨到十二三元一斤了；分明地，老父亲多希望她这一个是博士后的女儿能留下帮他采几天茶呀！茶叶究竟多少钱一斤哪里还重要呢？……

车轮隆隆，仿佛在说：“分明，分明……”

是博士后的女儿，顿时省悟了——苦读十四年，年年月月收到过钱，原来是父亲、母亲、哥哥和嫂子，以每采一斤茶叶才挣几元钱的辛勤劳作成全着她的人生追求啊！

如今母亲已是泉下之人，而父亲说不定哪一天也是了……自己心里边所装的却是校园湖里的野鸭们！

“唉，芸啊，我觉得你是读书读傻了哩！你父亲身体那么单薄了，脸色那么不好了，你怎么就会一点儿都没看出来呢？”

女博士早已泪流满面！

她在心里对自己说：“我不是读书读傻了呀，我是……我是……”

车轮隆隆……

列车向北，向北……

车厢里忽然响起了哭声……

第三章

心怀感激，初心不改

感激

我回头向自己的人生望过去，不禁哑然，继而肃然，继而内心里充满一大片感动！——怎么，原来在我的人生中，竟有那么多那么多善良的好人帮助过我，关怀过我，给予过我持久的或终生难忘的世间友爱和温情吗？

有一种情愫叫作感激。

有一句话是“谢谢”。在年头临近年尾将终的日子里，最是人忙于做事的时候。仿佛有些事不加紧做完，便是一年的遗憾似的。

而在如此这般的日子里，我却往往心思难定，什么事也做不下去。什么事也做不下去我就索性什么事也不做。唯有一件事是不由自主的，那就是回忆。朋友们都说这可不好，这就是怀旧呀，怀旧是老年人的心态呀！

我却总觉得自己的回忆与怀旧是不太一样的。总觉得自己的回忆中有某种重要的东西。它们影响着我的人生，决定着我的人生的方方面面是现在的形状，而不是另外的形状。

有一天我忽然明白了，我之所以频频回忆实在是因为我内心里渐渐充满了感激。这感激是人间的温情从前播在一个少年心田的种子。我由少年而青年而中年，那些种子就悄悄地如春草般在我心田上生长……

我感激父母给我以生命。在我将孝而未来得及更周到地尽孝的年龄,他们先后故去,在我内心里造成很大的两片空白。这是任什么别的事物都无法填补的空白。这使我那么忧伤。

我感激我少年记忆中的陈大娘。她常使我觉得自己的少年时曾有两位母亲。在我们那个大院，我们两家住在最里边，是隔壁邻居。她年轻时就守寡，靠卖冰棍拉扯两个女儿一个儿子长大成人。童年的我甚至没有陈大娘家和我家是两户人家的意识区别。经常地，我闯入她家进门便说："大娘，我妈不在家，家里也没吃的，快，我还要去上学呢！"

于是大娘一声不响放下手里的活儿，掀开锅盖说："喏，就有俩窝窝头，你吃一个，给正子留一个。"——正子是他的儿子，比我大四五岁，饭量也比我大得多。那正是饥饿的年代。而我却每每吃得心安理得。

后来我们那个大院被动迁，我们两家分开了。那时我已是中学生，下午上学。每提前上学，去大娘家，大娘一看我脸色，便主动说："又跟你妈赌气了是不是？准没在家吃饭！稍等会儿，我给你弄口吃的。"

仍是饥饿的年代。

我照例吃得心安理得。

少不更事，从不曾对大娘说过一个"谢"字。甚至，心中也从未生出过感激。

有次，在路口看见卖冰棍的陈大娘受恶青年的欺负，我像一条凶猛的狼狗似的扑上去和他们打，咬他们的手。我心中当时愤怒到极点，仿佛看见自己的母亲受到欺辱……

那便算是感激的另一种方式，也仅那么一次。

我下乡后再未见到过陈大娘。

我落户北京后她已去世。

我写过一篇小说是《长相忆》——可我多愿我表达感激的方式不是小说，不是曾为她和力不能抵的恶青年们打架，而是执手当面地告诉她——大娘……

由陈大娘于是自然而然地忆起淑琴姐。她是大娘的二女儿，是我们那条街上顶漂亮的大姑娘，起码在我眼里是这样。我没姐姐，视她为姐姐。她关爱我，也像关爱一个弟弟。甚至，她谈恋爱，去公园幽会，最初几次也带上我，充当她的小伴郎。淑琴姐之于我的人生的意义，在于使我对于女性从小培养起了自认为良好的心理。我一向怀疑“男人越坏，女人越爱”这种男人的逻辑真的有什么道理。淑琴姐每对少年的我说：“不许学那些专爱在大姑娘面前说下流话的坏小子啊！你要变那样，我就不喜欢你了！”——男人对女人的终生态度，据我想来，取决于他有没有幸运在少年时代就得到种种非血缘甚至也非亲缘的女人那一种长姐般的有益于感情质地形成的呵护和关爱，以及从她们那儿获得怎样的潜移默化的教育。我这个希望自己有姐姐而并没有的少年，从陈大娘的漂亮的二女儿那儿幸运地都获得过。似姐非姐的淑琴姐当年使我明白——男人对于女人，有时仅仅心怀爱意是不够的，而加入几分敬意是必要的。淑琴姐令我对女性的情感和心理从小是比较自然的，也几乎是完全自由的。这不仅是幸运，何尝不是幸福？

细细想来，我怎能不感激淑琴姐？

她使当年还是少年的我，对于女性情感呵护和关爱的需要体会到温馨、饱满又健康的获得。

一九六二年，我的家加入了另一个区另一条街上的另一个大院，一个在一九五八年由女工们草草建成的大院。房屋的质量极其简陋。九户人家中七户是新邻居。

那是街上邻里关系非常和睦的大院。

这一点不唯是少年的我的又一种幸运，也是我家的又一种幸运。邻里关系的和睦，丝毫不曾受外界骚乱的滋扰和破坏。我的家受众邻居帮助多多。尤其在我的哥哥精神分裂以后，倘我的家不是处在那一种和睦的互帮互助的邻里关系中，日子早就不堪设想了。

我永远感激我家当年的众邻居！

后来，我下乡了。

我感激我的同班同学杨志松。他曾是《大众健康》的主编。在班里他不是和我关系最好的同学，只不过是关系比较好的同学。我们是全班下乡的第一批，而且这第一批只我二人。我没带褥子，与他合铺一条褥子半年之久。亲密的关系是在北大荒建立的。有他和我在一个连队，使我有了最能过心最可信赖的知青伙伴。当人明白自己有一个在任何情况之下都绝不会出卖自己的朋友的时候，他便会觉得自己有了一份特殊的财富。实际上他年龄比我小几个月，我那时是班长。我不习惯更不喜欢管理别人，小小的权力和职责反而使我变得似乎软弱可欺，因为我必须学会容忍。故每当我受到挑衅，他便往往会挺身上前，厉喝一句："干什么？想打架吗？！"

我也感激我另外的三名同班同学王嵩山、王志刚、张云河。他们下乡时本可选择去离哈尔滨近些的师团，但他们专执一念，愿望只有一个——我和杨志松在哪儿，他们去哪儿。结果被卡车在深夜载到了兵团最偏远的山沟里。见了我和杨志松的面，还都欢天喜地得忘乎所以。

他们的到来，使我在知青的大群体中，拥有了感情的保险箱，而且，是绝对保险的。在我们之间，友情高于一切。时常，我脚上穿的是杨志松的鞋；头上戴的是王嵩山的帽子；棉袄可能是王志刚的；而裤子，真的，我曾将张云河的一条新棉裤和一条新单裤都穿成旧的了。当年我知道，在某些知青眼里，我也许是个喜欢占便宜的家伙。但我的好同学们明白，我根本不是那样的人。他们格外体恤我舍不得花钱买衣服的真正原因——为了治好哥哥的病，我每月尽量往家里多寄点儿钱……

后来杨志松调到团部去了。分别那一天他郑重嘱咐另外三名同学："多提醒晓声，不许他写日记，开会你们坐一块儿，限制他发言的冲动。"

再后来王嵩山和王志刚调到别的师去了，张云河调到别的连当卫生员去了。

一年后杨志松上大学去了……

我陷入了空前的孤独……

此时我有三个可以过心的朋友——一个叫吴志忠，是二班长；一个叫李鸿元，是司务长；还有一个叫王振东，是木匠。他们都是哈尔滨知青。

他们对我的友情，及时填补了由于同班同学先后离开我而对我的情感世界造成的严重塌方……

对于我，仅仅有友情是不够的。我是那类非常渴望思想交流的知青。我要感激我们连队的某些高中知青。和他们的思想交流使我明白——我头脑中对当年现实的某些质疑，并不证明我思想反动，或疯了。如果他们中仅仅有一人出卖了我，我的人生将肯定是另外的样子。然而我不曾被出卖过。这是很特殊的一种人际关系。因为我与他们，并不像与我的四名同班同学一样，彼此有着极深的感情作为关系的前提和基础。在我，近乎人性的分裂——感情给我的同班同学，思想却大胆地仅向高中知青们坦言。他们起初都有些吃惊，也很谨慎。但是渐渐地，都不对我设防了。以后，我和他们交流过许多对国家——当然也是对我们自身命运的看法。真的，我很感激他们——他们使我在思想上不陷于封闭的苦闷……

我还感激我的另外两名好同学：一个叫刘树起，一个叫徐彦。刘树起在我下乡后去了黑龙江省的饶河县插队；徐彦因母亲去世，妹妹有病，受照顾留城。一般而言，再好的中学同学，一旦天南地北，城里农村，感情也就渐渐淡了。即或夫妻，两地分居久了，还会发生感情变异呢！

但我和他们二人之间的感情，却相当不可思议地，因了分离而感情越深。凡三十余年间，仿佛在感情上根本就不曾被分开过。故我每每形容，这是我人生的一份永不贬值的“不动产”。

我感激我们连队小学校的魏老师夫妻。魏老师是一九六六年转业北大荒的老战士，吉林人。他妻子也是吉林人。当年他们夫妻待我如兄嫂，说对我关怀备至丝毫也不夸大其词。离开北大荒后我再未见到过他们。魏老师一九九五年已经病故。我每年春节与嫂子通长途问安……

一九七二年我调到了团部。

我感激宣传股的股长王喜楼。他是现役军人，十年前病故。他使宣传股像一个家，使我们一些知青报道员和干事如兄弟姐妹。在宣传股的一年半对我而言几乎每天都是愉快的。如果不是每每忧虑家事，简直可以说很幸福。宣传股的姑娘们个个都是品貌俱佳的好姑娘，对我也格外友好，友好中包含着几分真挚的友爱。不知为什么，股里的同志都拿我当大孩子。仿佛我年龄最小，仿佛我感情最脆弱，仿佛我最需要时时予以安慰。这可能由于我天性里的忧伤，还可能由于我在个人生活方面一向瞎凑合。实事求是地说，我受到几位姑娘更多的友爱。友爱不是爱，友爱是亲情之一种。当年，那亲情滋养过我的心灵，教会我怎样善待他人……

我感激当年兵团宣传部的崔干事。他培养我成为兵团的文学创作员。他对于改变我的人生轨迹起了重要的作用。他就是我的小说《又是中秋》中的“老隋”。

他后来因故被关押在哈尔滨市的监狱中。

虽然他是犯人，我是作家，但我对他的感激此生难忘。如曝他的案件所涉及的仅是几万元，或十几万元，我一定替他还上。

但据说是二三百万元，也许还要多，超出了我的能力。每忆起他，心为之怆然。

我感激木材加工厂的知青们——当我被惩处性地“精简”到那里，他们以友爱容纳了我，在劳动中尽可能地照顾我。仅半年内，就推荐我上大学。一年后，第二次推荐我。而且，两次推荐，选票居前。对于从团机关被“精简”到一个几乎陌生的知青群体的知青，这一般情况下是根本没指望的。若非他们对我如此关照，我后来上大学就没了前提。那时我已患了肝炎，自己不知道，只觉身体虚弱，但仍每天坚持在劳动最辛苦的出料流水线上。若非上大学及时解脱了我，我的身体某一天肯定会被超体能的强劳动压垮……

我感激复旦大学的陈老师。这位生物系抑或物理系的老师的名字我至今不知。实际上我只见过他两面。第一次在团招待所他住的房间，我们之间进行了一个多小时的谈话，算是“面试”。第二次在复旦大学。我一入学就住进了复旦医务室的临时肝炎病房。我站在二楼平台上，他站在楼下，仰脸安慰我……

任何一位招生老师，当年都有最简单干脆的原则和理由，取消一名公然嘲笑当年文艺现状的知青入学的资格。陈老师没那么做。正因为他没那么做，我才有幸终于成了复旦大学的“工农兵学员”——而这个机会，对我的人生，对我的人生和文学的关系，几乎是决定性的。

如果说，我的母亲用讲故事的古老方式无意中影响了我对故事的爱好，那么——崔长勇、木材加工厂的知青们、复旦大学的陈老师，这三方面的综合因素，将我直接送到了与文学最近的人生路口。他们都是那么理解我爱文学的心，他们都是那么无私地成全我。如果说，在所谓“人生的紧要处其实只有几步路”这句话是正确的，那么他们是推我跨入那几步路的恩人。

我感激当年复旦大学创作专业的全体老师。一九七四年至一九七七年，我在这三年里读大学，于今回想，创作专业的任何一位老师其实都是爱护我的。翁世荣老师、秦耕老师、袁越老师，又简直可以说对我关怀备至。教导员徐天德老师在具体一两件事上对我曾有误解。但误解一经澄清，他对我仍一如既往地友爱诚恳。这也是很令我感激的……

我感激我的大学同学杜静安、刘金鸣、周进祥。因为思想上的压抑，因为在某些事上受了点儿冤屈，我竟产生过打起行李一走了之的念头。他们当年都曾那么善意又那么耐心地劝慰过我。所谓“良言令人三月暖”。他们对我的友爱，当年确实使我倍感温暖。我和小周，又同时是入党的培养对象。而且，据说二取一。这样的两个人，往往容易离心离德，终成对头。但幸亏他是那么明事明理的人，从未视我为妨碍他重要利益的人。记得有一天傍晚，我们相约了在校园外散步，走了很久，谈了很多。从父母谈到兄弟姐妹，谈到我们自己。最后我们达成了这样的共识——我们天南地北走到一起，实在是一种人生的缘分，我们都要珍惜这缘分。至于其他，那非是我们自己探臂以求的，我们才不在乎！从那以后到毕业，我们对入党之事超之度外，彼此真诚，友情倍深……

我感激北影 。我在北影的十年，北影文学部对我任职于电影厂而埋头于文学创作，一向理解和支持，从未有过异议。

我感激北影十九号楼的众邻居。那是一幢走廊肮脏的筒子楼。我在那楼里只有十四平方米的一间背阴住房。但邻居们的关系和睦又热闹，给我留下许多温馨的记忆……

我也感激童影 。童影分配给了我宽敞的住房，这使我总觉为它做的工作太少太少……

我感激王姨——她是母亲的干姊妹。在我家生活最艰难的时日，她以女人对女人的同情和善良，给予过母亲许多世间温情，也给予过我家许多帮助……

我感激北影卫生所的张姐——在父亲患癌症的半年里，

她次次亲自到我家为父亲打针，并细心嘱我怎样照料父亲。

我感激北影工会的鲍婶、老放映员金师傅、文学部的老主任高振河——父亲逝世后，我已调至童影，但他们却仍为父亲的丧事操了许多心……

我甚至要感激我所住的四号楼的几位老阿姨。母亲在北京时，她们和母亲之间建立了很深的感情，给了母亲许多愉快的时光……

我还要感激我母亲的干儿女单雁文、迟淑珍、王辰锋、小李、秉坤等。他们带给母亲的愉快，细细想来，只怕比我带给母亲的还多……

我还要感激我哥哥的初中班主任王鸣岐老师。她对哥哥像母亲对儿子一样。哥哥患精神病后，其母爱般的老师感情依然，凡三十余年间不变。每与人谈及我的哥哥，必大动容。王老师已于去年病逝……

我还要感激我的班主任孙荏珍老师以及她的丈夫赵老师——当年她担任我们的老师时才二十三四岁。她对我曾有所厚望。但哥哥生病后，我开始厌学，总想为家庭早日工作。这使她一度对我特别失望。后来，她开始认识到我是她最有独立思想的学生，因而我又成了她最为关心的几个学生之一……

我还要感激我哥哥的高中同学杨文超大哥。他后来是哈尔滨一所大学的教授。我给弟弟的一封信，家乡的报转载了。文超大哥看后说：“这肯定无疑是我最好的高中同学的弟弟！”于是主动四处探问我三弟的住址，亲自登门，为我三弟解决了工作问题——事实上，杨文超、张万林、滕宾生，加上我的哥哥，当年也确是最要好的四同学，曾使他们的学校和老师引以为荣。同学情深若此，不枉同学二字矣！

我甚至还要感激我家当年社区所属派出所的两名年轻警员—— 一姓龚，一姓童。说不清究竟由于什么原因，他们做片警时，一直对母亲操劳支撑的一个破家，给予着温暖的关怀……

还有许许多多许许多多我应该感激的人，真是不能细想，越忆越多。比如哈尔滨市委前宣传部部长陈风辉，比如已故东北作家林予，都既有恩德于我，也有恩德于我的家。

在一九九八年年底，我回头向自己的人生望过去，不禁哑然，继而肃然，继而内心里充满感动！——怎么，原来在我的人生中，竟有那么多那么多善良的好人帮助过我，关怀过我，给予过我持久的或终生难忘的世间友爱和温情吗？

我此前怎么竟没意识到？

这一点怎么能被我漠视？

没有那些好人，我将是谁？我的人生将会怎样？我的家当年又会怎样？

我这个人的一生，却实际上是被众多的好人，是被种种的世间温情簇拥着走到今天的啊！

我凭什么获得着如此大幸运而长久以来麻木地似乎浑然不觉呢？

亏我今天还能顿悟到这一点！

这顿悟使我心田生长一片感激的茵绿草地！

生活，我感激你赐我如此这般的人生太幸运！

我向我人生中的所有好人深鞠躬！

让我借歌中唱的一句话，在一九九八年年底祝好人一生平安！

我想——心有感激，心有感动，多好！因为这样一来，人生中的另外一面，比如嫌恶、憎怨、敌意、细碎，就显得非常小气、浅薄和庸人自扰了……

再祝好人一生平安！

阳春面

早年的五角场杂货店旁，还有一家小饭馆，确切地说：是一家小面馆。卖面、馄饨、包子。

顾客用餐之地，不足四十平方米。“馆”这个字，据说起源于南方。又据说北方也用，是从南方学来的——如照相馆、武馆。但于吃、住两方面而言，似乎北方反而用得比南方更多些。在早年的北方，什么饭馆什么旅馆这样的招牌比比皆是。意味着比店是小一些，比“铺”却还是大一些的所在。我谓其“饭馆”，是按北方人的习惯说法。在记忆中，它的牌匾上似乎写的是“五角场面食店”。那里九点钟以前也卖豆浆和油条，然复旦的学子们，大约很少有谁九点钟以前踏入过它的门槛。因为有门有窗，它反而不如杂货店里敞亮。栅板一下，那是多么豁然！而它的门没玻璃。故门一关，只有半堵墙上的两扇窗还能透入一些阳光，也只不过接近中午的时候。下午两点以后，店里便又幽暗下来。是以，它的门经常敞开……

它的服务对象显然是底层大众。可当年的底层大众，几乎每一分钱都算计着花。但凡能赶回家去吃饭，便不太肯将钱花在饭店里，不管那店所挣的利润其实是那么薄。

店里一向冷冷清清。

我进去过两次。第一次，吃了两碗面；第二次，一碗。

第一次是因为我一大早空腹赶往第二军医大学（现海军军医大学）的医院去验血。按要求，前一天晚上吃得少又清淡。没耐心等公共汽车，便往回走。至五角场，简直可以说饥肠辘辘了，然而才十点来钟。回到学校，仍要挨过一个多小时方能吃上顿饭；身不由己地进入了店里。

我是那时候出现在店里的唯一顾客。

服务员是一位我应该叫大嫂的女子，她很诧异于我的出现。我言明原因，她说也只能为我做一碗“阳春面”。

她说有两种价格的——一种八分一碗，只放雪菜；另一种一角二分一碗，加肉末儿。

我毫不犹豫地说就来八分一碗的吧。

依我想来，仅因一点儿肉末儿的有无，多花半碗面的钱，太奢侈。

她又说：雪菜也有两种。一种是熟雪菜，以叶为主；一种是盐拌的生雪菜，以茎为主。前者有腌制的滋味，后者脆口，问我喜欢吃哪种。

我口重，要了前者。并没坐下，站在灶间的窗口旁，看着她为我做一碗“阳春面”。

我成了复旦学子以后，才知道上海人将一种面条叫“阳春面”。为什么叫“阳春面”，至今也不清楚，却欣赏那一种叫法。正如我并不嗜酒，却欣赏某些酒名。最欣赏的酒名是“竹叶青”，尽管它算不上高级的酒。“阳春面”和“竹叶青”一样不乏诗意呢！一比，我们北方人爱吃的炸酱面，岂不太过直白了？

那我该叫大嫂的女子，片刻为我煮熟一碗面，再在另一锅清水里焯一遍。这样，捞在碗里的面条看去格外白皙。另一锅的清水，也是专为我那一碗面烧开的。之后，才往碗里兑了汤加了雪菜。那汤，也很清。

当年，面粉在我国价格几乎一致。一斤普通面粉一角八分钱；一斤精白面粉两角四分钱；一斤上好挂面也不过四角几分钱。而一碗“阳春面”，只一两，却八分。而八分钱，在上海的早市上，当年能买二斤鸡毛菜……

也许我记得不准确，那毕竟是一个不少人辛辛苦苦上一个月的班才挣二十几元的年代。这是许多底层的人们往往舍不得花八分钱进入一个不起眼的小面食店吃一碗“阳春面”的原因。我是一名拮据学子，花起钱来，也不得不分分盘算。

在她为我煮面时，我问了她几句，她告诉我她每月工资二十四元，她每天自己带糙米饭和下饭菜。她如果吃店里的一碗面条，也是要付钱的。倘偷偷摸摸，将被视为和贪污行为一样可耻。

转眼间我已将面条吃得精光，汤也喝得精光，连道好吃。

她伏在窗口，看着我笑笑，竟说：“是吗？我在店里工作几年了，还没吃过一碗店里的面。”

我也不禁注目着她，腹空依旧，脱口说出一句话是：“再来一碗……”

她的身影就从窗口消失了。

我立刻又说：“不了，太给你添麻烦了。”

“不麻烦，一会儿就好。”——窗口里传出她温软的话语。

那第二碗面，我吃得从容了些，越发觉出面条的筋道和汤味的鲜醇。我那么说，她就笑了，说那汤只不过是少许的鸡汤加入大量的水，再放几只海蛤煮煮……

回到复旦我没吃午饭，尽管还是吃得下的。一顿午饭竟花两份儿钱，自忖未免大手大脚。我的大学生活是寒酸的。

毕业前，我最后一次去五角场，又在那面食店吃了一碗“阳春面”。已不复由于饿，而是特意与上海作别。那时我已知晓，五角场当年其实是一个镇，名分上隶属于上海罢了。那碗“阳春面”，便吃出依依不舍来。毕竟，五角场是我在复旦时最常去的地方。那汤，也觉更其鲜醇了。

那大嫂居然认出了我。

她说，她长了四元工资，每月挣二十八元了。

她脸上那知足的笑，给我留下极深极深的记忆……

面食店的大嫂也罢，那几位丈夫在城里做“长期临时工”的农家女子也罢；我从她们身上，看到了上海底层人的一种“任凭的本分”。即无论时代这样或者那样，他们和她们，都可能淡定地守望着自己的生活。那是一种生活态度，也是某种民间哲学。

也许，以今人的眼看来，会曰之为“愚”。

而我，内心却保持着长久的敬意，依我看来，民间之原则有无、怎样，甚而更决定一个国家的性情。

是的，我认为国家也是有性情的……

窃秋

窃其实就是偷的意思。老百姓说同一行径是偷，而文人雅士说成是窃。溜门撬锁谓之盗，探囊取物于他人的衣袋儿谓之扒，这些事于文人雅士做了则谓之为窃。比如偷了别人的文章或构思，我们说是“剽窃”，比如偷情在文人雅士的文章里又常被写成“窃玉”之类。我常想这乃是我们的小小的狡猾，为了被指斥的时候以一个“窃”字企图强调与偷的行为有所区别……

我家近处有公园。每年秋至，菊花便展眼地盛开了。我养过花，总也养不活。又很爱花，这就是一个矛盾。看了别人家花养得好，我羡慕。看了满公园的花盛开着，我常产生占为己有的强烈冲动。有了矛盾就得想办法解决。不解决矛盾便总是矛盾着。想来想去，那解决纠缠着我的矛盾的办法似乎只有一个，便是“窃”。这也可以说别无选择。

白天我到公园去散步。我散步与别的散步者有不同之目的。或曰“心怀鬼胎”也未尝不可。流连忘返之间，我早已记住哪一处的哪几株花更值得一窃。挨到晚上——自然是很晚的时候，晚上十点钟以前，纳秋凉的人还是不少的——我便揣把小剪刀前往。有时我怂恿儿子和我一块儿去“散步”，可是儿子知道我去干什么，也知道他去了充当的会是什么角色，坚决地摇头。揣把小剪刀的同时我总不忘揣一记者证什么的。万一被管理花园的或专爱管闲事的人逮住，记者证什么的便于搪塞过关或者充当乞讨下不为例的面子……

总是绕着我白天记住的地方先缓缓走一遭，细心观察附近有无人影。如果有单个的人影我便不敢贸然，因为无法判定他或她是干什么的，也许正是个管理公园的或专爱管闲事的。如果是成双成对的我便没了顾忌，因为我知道他们不论是什么人和正在干什么，即使是平常专爱管闲事的，也肯定分不出心思来干涉我。于是行动极其敏捷，一两分钟内已剪下离开……

当然也有空着手回到家里的时候，我便会觉得极其沮丧和气恼，诅咒些使我目的不遂的那个人很恶毒的话……

刮风下雨天我是一定要出去“散步”的。每次收获颇丰。

我所窃的是些欲开未开的花，插于瓶中，置于案旁，看着觉得太美了。欣赏的满足混杂着占有的喜悦。花们日日地渐开，我觉得我值得……

几场秋风秋雨后，公园里的花一片凋零。我盼秋风秋雨。那能为我创造较充分的条件，即使在大白天也可以公然地干我想干的事。

后来公园里的花再也没什么看头了。还能开几日看几日的，都插在我家的花瓶里。最多的时候这儿一瓶那儿一瓶，处处都摆了好多瓶。于是我每天去散步，也就只不过是散步了。望着满目凋零景象萧条的残秋，我心里不免暗暗自得——因为当别人再也没有什么开着的花儿欣赏的时候，我的欣赏需求仍得到满足。与别人相比，那一种满足心理似乎更大……

有一天我忽然面对眼前开得很宁静的花想——原来我内心里自私、贪婪、占有的欲望是多么强烈。幸而我不过是一个写小说的，内心欲望的直径充其量不过仅限于文坛。而且还能常常地自审着、自省着、自抑着。否则，延至官场、延至赌场、延至情场、延至商界、延至一切更易激发人占有欲望的、更易使人心污染的名利场，我这个人又会是怎样的一个人呢？我所贪婪而窃的又会是什么呢？我又将采取些什么样的狡猾的手段呢?

插在一个个瓶子里的花仿佛一面面镜子，我从中照见了我的内心世界，我竟一时悚然。竟有点儿自己被自己吓住了……

茶村印象

一阵雄鸡的啼叫将我唤醒了——只不过是醒了，却未睁开眼睛。以为自己仍在睡梦之中。

我躺在四川蒙山地区一个茶村里的一户茶农家的床上。那是一张很旧的、结构早已松动了的床，显然是由乡村木匠做成的。少说也该用了三四十年了。在床的对面，并排放着三只木箱，看上去所用的年头比那张床还要长久。木箱上是一床棉絮和几摞旧衣服。

这个蒙山地区的茶村，乃友人的家乡。

我是打算为自己寻找一处远避都市浮躁和喧嚣的家园而来到此地的，并且已在我朋友的家园——确切地说，是在他哥哥嫂子的家里住了三天了。我朋友的老母亲和他的哥哥嫂嫂生活在一起。

朋友没骗我，这个茶村，果然是我喜欢的地方。此地海拔千余米，四周环山，皆小峦，植被茂盛葱茏。不至山前，难见寸土。那绿，真是绿得养眼！又因此地多雨，且多于夜降，晓即停，昼则晴。故那绿，几乎日日如洗，新翠欲滴。我已钻入过近处的山，是的，植被厚密得非钻而不能入。小径还是有的，是茶农们砍竹砍树踩出来的。然而最长的小径，也仅到半山腰而已。估计在山顶上，连茶农们的足迹也是没太留下过的。

该茶村虽也是村，但和北方以及中原地区的村的概念大相径庭，家宅极为疏散。茶村被一条路况较好的水泥路劈成两部分，而每一部分，又要相邻的两三户人家为一个小的居住单元。这样的一些小的居住单元，东一处西一处，或建在路边，或建在山脚，其间是他们连成一片的茶地。

茶农较之于中原及北方地区种庄稼的农民，其收入毫无疑问是有了极大提高的。首先是茶树不至于使他们的汗水白流，更不会使他们年底亏损。而且，每天采下来的茶，都可以到几里地以外的收茶站卖掉，转身回家时兜里已揣着钱了。茶农好比是采茶工人，不是按月开工资，而是每天开工资。钱多钱少，由茶的质量和数量而定。若谁觉得自己今天兜里揣回家的钱太少了，那么就只有要求自己明天早起点儿，手快点儿了。

清明当月的原茶价格最贵，每斤当日采下的茶尖傍晚可卖到三十元，甚至三十五元。据说，有的采茶能手，一天可采六七斤。而有的人家三四口人全体出动，几乎终日不歇的话，每天竟可采够三十几斤，日收入近千元，或千余元。采茶能手不再是采茶姑娘。此村计划生育工作实行得很好，以三口之家最为普遍，而且下一代又确实多为姑娘。但清明当月，茶农们的大小姑娘，都在学校里上学，采茶之事不太能指望得上她们。她们的父母也都不愿为了多挣些钱而影响她们的学习，所以如今村里的采茶能手，反而尽是姑娘们的中青年父母了。四十五岁以上的人也根本不能成为采茶能手了，因为采茶是一件需要好眼力的事情。我曾帮友人七十四岁的老母亲采茶。茶尖老人家已经是采不了了，我的眼力也不行。我帮老人家采大叶子茶。大叶子原茶最便宜，每斤才七角几分钱。我帮老人家采了两个多小时，估计才采了二两多一点儿，以钱而论，只不过挣了一角几分钱，还不够买半个馒头。但我已是汗流浃背，头晕目眩，颈僵而又臂酸了。我只得请老人家原谅，讪讪地逃离茶地，回到她家，替主人们打扫房前屋后的卫生去了。

清明当月，有那心疼父母辛苦的小儿女，也会同父母一起四五点钟便起床离家。那时天刚亮，但是已能看得清新绿的茶尖了。小儿女们帮父母采两三小时茶尖，然后赶回家匆匆吃口饭，再急急忙忙地去上学。那两三小时内，采得快的小儿女，也是能帮家里挣五六元钱的。茶农们一年的收入假如是一万元的话，清明当月所挣的钱，至少在三四千元。清明当月，对于茶农，是黄金月，也是他们的感恩月。在那一个月里，白天家家户户几乎无人。但凡能劳作的家庭成员，都会争先恐后地终日忙碌在茶地里，都会要求自己在挣钱的黄金月里为增加家庭收入而流汗、出力。

茶树是这样的一种植物，在适宜其生长的土地上，在多雨的亚热带气候条件下，在湿度较大的环山区域，人越是勤快地采摘，它的新芽也便一茬接一茬高兴地奉献不停。仿佛人采它，恰恰体现着对它的爱心。仿佛它是一种极其渴望被爱的植物，而不停地长出新芽是它对茶农的报答。

清明当月，又可以说是一个累死茶农无人偿命的月份。

在那一个月里，从天刚一亮到天黑为止，茶地里远远近近尽是茶农们悄无声息的身影。他们迈进家门只不过为了喝口水或吃口饭。

那一个月里，茶农们全都变得话少了，累的。即使一家人，能不说话就明白的意思，相互之间也都懒得开口说话了。卖茶回来，他们往往倒头便睡。在梦里，也往往还采茶不止呢！

过了清明，茶价一路下跌，即使茶尖，也由三十几元一斤变成二十几元一斤再成十六七元一斤了……

我住在茶村的这几天，每斤茶尖已降至十四元了，而大叶子茶，已降到六角一斤了。幸而这几天夜里阵雨颇多，拂晓则晴，茶叶的长势，仍很喜人。茶农们，也就仍像清明当月那样早出晚归，被鞭赶着似的勤采不止。无论原茶价格已多么便宜，采，当日便多多少少有些收入，不采，便一分钱的收入也没有。在他们眼里，一畦茶秧所新生出来的，分明是一枚枚的钱币啊！白天，我已经难得见我友人的哥嫂和老母亲一面了，只有在晚饭桌上，我才有机会和他们说上几句话。白天，我等于是他们家的看家人，也是整个茶村唯一的一个悠闲的男人。从七月到年底，他们大约还是闲不下来的。只有冬季的两三个月，他们劳累的身体才得以歇养一段时日，而那也正是茶秧“冬眠”，不再发芽长叶的季节。昨天，老妈妈在晚饭桌上告诉我，她和儿子儿媳三人，一天采了十三四小时，共卖得三十五元多。她儿子用那笔钱，为我买回了一只十来斤重的大公鸡，而今天晚上一定要炖给我吃。老妈妈说得很高兴，仿佛用她和儿子儿媳十三四小时的辛勤劳动为我换回一只鸡，是特别有理由高兴的事。但是她后来吃着吃着就打起了瞌睡，饭碗也差点儿失手掉了……

我正是被那一只单独关在笼中的大公鸡啼醒的。

我站在二楼的廊上，看了一下时间，才六点多一点儿。我眼前，远远近近，尽是茶农们的身影。茶农们采茶那一种劳动，决然是悄无声息的劳动。

二楼的一张桌子上，铺了块塑料布，而塑料布上，已摊着不知是谁采回的一些茶芽了，大约有二两。我情不自禁地将那些茶分成了两份儿；接着又将其中的一份儿分成了十等份儿。我再数其中的一小份儿，共二百九十几枚新芽。那一小份儿约一两，时价一元四角钱。那一元四角钱，要由近三百次采放的动作才能挣到……

友人其时打来了电话，问这茶村是否符合我的“家园”理想？

我嗫嚅着不知如何回答，放下电话竟想到了民间对我们文人惯常所讥的一个词，那就是——“酸臭”。

这一天主人们回来得较早，因为要为我炖鸡。

老妈妈又采了满满一大背篓大叶子茶，一进门就让我帮她称一称——十二斤多，值七元多钱。

七十四岁的老妈妈于是欣慰地笑了，紧接着她背起茶篓就去卖。我要替她去卖，她拒绝了。她说卖茶是她一天中最高兴的事。我陪她出门，七十四岁的老妈妈又对我说："儿有女有，不如自己有。万一我哪一天病了呢？我要趁现在还能采，抓紧时间为自己挣下点儿医药费，免得到时候完全成了儿女的负担。"

望着老妈妈佝偻着身子背着大背篓渐行渐远，我心亦敬亦悲……

回到屋里，我将所带的几千元钱，悄悄掖在老妈妈的褥子下。我想，我的老母亲已去世了。就算友人的这一位七十四岁的老妈妈是我的一位干妈吧，那么我的做法岂不是很自然吗？

我又想，我们中国人，其实都该算是神农氏的后人。全人类的财富，最初都是由土地所得的。只不过在二十一世纪的今天，在中国，还有一位七十四岁的老人家，如此这般接近本能地辛劳着，令人难免会产生一种古代感。而她的身上，在我看来，还似乎有着一种超农的神性。那神性使我这种到处寻找所谓"精神家园"的人反而显出了精神的猥琐……

王妈妈印象

写罢《茶村印象》，意犹未尽，更想写友人的母亲王妈妈。

王妈妈今年七十七岁了。

我第一次见到她，是在她家门口。当时是傍晚，她蹲着，正欲背起一只大背篓到茶集去卖茶。

茶集不过是一处离那个茶村二里多远的坪场，三面用砖墙围了。朝马路的一面却完全开放，使集上的情形一目了然。茶集白天冷冷清清，难见人影。傍晚才开始，附近几个茶村的茶农都赶去卖茶，于是熙熙攘攘，热闹得很。通常一直热闹到八点钟以后，天都黑了，会有许多灯点起来，以便交易双方看清秤星和钱钞。那一条路说是马路，其实很窄，一辆大卡车就几乎会占据了路面的宽度；但那路面，却是水泥的，较为平坦。它是茶农们和茶商共同出资铺成的，为的是茶农们能来往于一条心情舒畅的路上。所幸很少有大卡车驶过那一条路。但在茶农们卖茶的那一段时间里，来往于路上的摩托、自行车或三轮车却不少。当然更多的是背着满满一大背篓茶叶的茶农们。他们都是些老人，不会或不敢骑车托物了，只有步行。一大背篓茶对于年轻人来说并不太重，二三十斤而已。但是对于老人和妇女，背着那样一只大背篓走上二三里地，怎么也算是一件挺辛苦的事了。他们弯着腰，低着头，一步步机械地往前走。遇到打招呼的人偶尔抬起头，脸上的表情竟是欣慰的。茶村毕竟也是村，年轻人们一年到头去往城市里打工，茶村也都成了老人们、孩子们和少数留守家园的中年妇女们的村了。这一点和中国其他地方的农村没什么两样。见到一个二三十岁的男人或女人，会使人反觉稀奇的……

事实上，当时王妈妈已将背篓的两副背绳套在肩上了，她正要往起站，友人叫了她一声“妈”。

她一抬头，身子没稳住，坐在地上了。

我和友人赶紧上前扶她。自然，作为儿子的我的友人，随之从她背上取下了背篓。她看着眼前的儿子，笑了。微微眯起双眼，笑得特慈祥。

她说：“我儿回来啦！”——将脸转向我，问：“是同事？”

友人说："是朋友。"

她穿一件男式圆领背心，已被洗得过性了，还破了几处洞；一条草绿色的裤子，裤腿长不少，挽了几折，露出半截小腿；而脚上，是一双扣绊布鞋，一只鞋的绊带就要断了，显然没法相扣了，掖在鞋帮里。那双鞋，是旧得不能再旧了，也挺脏，沾满泥巴（白天这地方下了一场雨）。并且呢，两只鞋都露脚趾了……

我说："王妈妈好。"打量着这一位老母亲，倏忽间思想起我自己的母亲来。我的老母亲已过世十载了，在家中生活最困难的时期，那也还是会比友人的这一位老母亲穿得好一些。何况采茶又不是什么脏活儿，我有点儿不解这一位老母亲何以穿得如此不伦不类又破旧……

然而友人已经叫起来了："妈，你这是胡乱穿的一身什么呀？我给你寄回来的那几套好衣服为什么不穿？我上次回来不是给你买了两双鞋吗？都哪儿去了？"

友人的话语中，包含着巨大的委屈，还有难言的埋怨。显然，他怎么也没想到他的母亲会以那么一种样子让我看到，他窘得脸红极了。须知我这一位友人也是大学里的一位教授，而且是经常开着宝马出入大学的人。

他的母亲又笑了，仍笑得那么慈祥。

她说："都在我箱子里放着呢。"

"那你怎么不穿啊？"

当儿子的都快急起来了，跺了下脚。

"好好好，妈明儿就穿，还不快请你的朋友家里坐啊！我先去卖茶，啊……"

我对友人说："咱俩替老人家去卖吧！"

但是王妈妈这一位老母亲却怎么也不依。既不让我和她的儿子一块儿去替她卖那一大背篓茶叶，也不许她的儿子单独去替她卖。我和我的友人，只得帮老人家将背篓背上，眼睁睁地看着身材瘦小的老人家像一只负重的虾米一样，一步步缓慢地离开了家门前……

友人问我："你觉得有多少斤？"

我说："二十几斤吧。"

友人追问："二十几斤？"

我说："二十五六斤吧。"

他家门前，有一块半朽未朽的长木板，一端垫子一摞砖，一端垫了一块大石头，算是可供人在家门前歇息的长凳。

友人就在那木板上坐下去了，默默吸烟。我知他心里难受，大约也是有几分觉得难堪的，就陪他坐下，陪他吸烟。

这时，友人的脸上淌下泪来了。

他说：“上个月我刚把她接到我那儿去，可住了不到十天。她就闹着回来，惦记着那不到一亩的茶秧。她那么急着回来采茶，我不得不给她买机票，坐飞机能当天就回来啊！可从广州到成都，打折的飞机票也九百多元啊！还得我哥到成都机场去接她，再乘长途汽车到雅安，再从雅安坐出租车到村里，一往一返，光路费三千元打不住。她那几分地的茶秧，一年采下的茶才卖两千多元，她就不算算账！这不，回来了，又采上茶了，才活得有心劲儿了似的……”

我说：“那你就给老人算一算这笔账嘛。”

他回答：“当然算过，白算。我们算这一种账，在我母亲那儿根本就不走脑子。关于钱，一过千这么大的数，她就没意识了。她只对小数目的钱敏感，而且一笔笔算起来清清楚楚，从没糊涂过，谁想蒙她不容易。还对小数目的钱特亲。比如这个月茶价多少钱一斤，下个月多少钱一斤，那么这个月几天没采茶，等于少挣了多少钱……”说到此处，苦笑。

我说：“那你以后就把花在路费方面的钱寄回呗。”

友人说，那寄回来的钱对于他的老母亲就只等于是一个数字，她会直接把钱存在银行里，连过手都不过手。友人说自己当教授了，住上宽敞的房子了，有了私家车了，不将老母亲接到城市里享享福，内心不安。说他老母亲第一次到深圳的日子里，他曾驾车带着他老母亲到海滨路上去度周末，也像别人一样将塑料布铺于绿地，摆开吃的喝的，和老母亲共同观海景，聊天。可老母亲却奇怪于城里人为什么偏偏将那么一大片地植树了，种草了，而不栽上茶秧？栽茶秧那能解决多少人的挣钱问题啊！进而大为不满地批评城里人罪过，不知土地宝贵，浪费大片大片的土地简直像不在乎一张纸一样。又觉得城里人太古怪，难以理解，待在家里多舒服，干吗都一家家一对对跑到海边傻坐着？海边再凉快，还能比有空调的家里凉快吗？说那一次老母亲在他那儿住的日子还长久些，因为在大都市里发现了生财之道——一个空塑料瓶两分钱，易拉罐三分钱，纸板三角钱一斤，她觉得比采茶来钱容易多了。说那是老母亲唯一愿意向城市人学习的地方，也是对大都市的唯一好感。还因为捡那些东西，和“同行”发生了口角。而他，只得向老母亲耐心解释，捡那些东西的人，是划分了街区领地的。在别人的街区领地捡那些东西，就是侵犯了别人的利益。别人对你提出抗议，抗议得有理。你跟别人吵，吵得没理。老母亲却振振有词地反问，他有政府发的证书吗？如果没有，凭什么说那些街区是他的“领地”呢？依她想来，既然拿不出类似政府发给农民的土地证一样的证书，凭什么只许自己捡，不许别人捡呢？而他就只得更加耐心地向老母亲解释，尽管对方并无证书，但那是“潜规则”。“潜规则”相互也是要遵守的。解释来解释去，最后也没能使老母亲明白究竟什么是“潜规则”、为什么“潜规则”对人也具有约束性……老母亲离开的前一天，他家阳台上已堆满了空塑料瓶等废弃物。他想通知收废品的人上门来收走，可老母亲不许，因为人家上门来收，一个塑料瓶子就变成一分钱了，废纸也变成两角一斤了。在老母亲那儿，账算得倍儿清——一个塑料瓶等于卖亏了百分之五十；一斤废纸板等于卖亏了百分之三十；合计卖亏了百分之八十！他说，妈，账你也不能这么算，并不是你原本该卖得十元，结果亏掉了八元，就剩两元了。老母亲说，你别跟我拌嘴！百分之五十加百分之三十，怎么就不是亏了百分之八十呢？你当儿子的，不能拿我的辛苦不当辛苦，我捡了那么一阳台我容易吗我？于是伤心起来。我的朋友这个当儿子的，只得赶紧认错。接下来乖乖地将阳台上的废品弄出家门，塞入他那辆刚买的“广本”，再带上老母亲，分两次卖到废品收购站去。老母亲点数总计二十来元钱，顿觉是一笔大收入，这才眉开眼笑……

友人问我：“如果请收废品的上门来收走，是等于卖亏了百分之八十吗？”

我说：“当然不是。百分之百减去百分之三十剩百分之七十，加上塑料瓶的百分之五十，是百分之一百二十……”

友人奇怪了：“少卖钱是肯定的，怎么也不会成了百分之一百二十吧？”

我愣了，自知我的算法也成问题，陪着苦笑起来……

友人的老母亲卖茶叶回来了，一脸不快。

当儿子的问她卖了多少钱？

她说：“儿子你还不知道吗？这个季节大叶子茶更不值钱了，才卖了九元三角钱；辛苦了一白天，到手的钱居然还不够一个整数。”她是得快快不乐。

吃晚饭时，老人家在自家的太阳能洗浴房里冲过了澡，翻箱倒柜，换上了一身体面的衣服。我的友人，他的哥哥嫂子都说，老人家纯粹是为我这一位远道而来的客人才那样的。

老人家说是啊是啊，多次听晓鸣（我的友人的名字）谈到过我，早知我们情同手足。说好朋友要长久。她相信我和她儿子会是天长地久的朋友，替我们高兴。老人家不断为我夹菜，口口声声叫我“声仔”。

友人对我耳语：“我母亲叫你‘声仔’，那就等于是拿你当儿子一样看待了。”

我也耳语，问：“要不要将我装在红信封里的五百元钱立刻就从兜里掏出来，作为见面礼奉上？”

友人却摇头。

第二天，友人陪我到镇上去，将五张百元钞换成了一百余张小面额的钱，扎成厚厚两捆，在他老母亲高兴之时，暗示我抓住机遇。

我就双手相递，并说：“王妈妈，我希望您能认下我这个干儿子。这些钱呢，我也不知是多少，算是我这个干儿子的一份心意，您一定要收下。”

老人家顿时笑得合不拢嘴，连说：“好啊好啊，我认我认，我收我收！”

她接过钱去，又说：“看我声儿，孝敬了我这么多钱！真多真多……”

友人心理不平衡地嘟哝：“那就多了？才……有好几次我一千两千地给你寄，你也没夸过我一句！”

老人家批评道：“你动不动就挑我的理，看我这么也不对那么也不顺眼，他怎么就不说？”

我趁机讨好：“干妈，以后他再对您那样，我这儿先就不依！”

…………

晚上，我和友人照例同床。那是他父亲生前睡的床，如今是他母亲的床，也是家中最宽大的床，却哪儿哪儿都松动了，我俩不管谁一翻身，那床都发出嘎吱嘎吱的响声。老人家为了我们两个小辈儿睡得好，把那床让给了我俩，她自己睡在客厅里的旧沙发上。

友人向我讲起了他的父亲，以及他的父亲和他母亲的关系。他的父亲曾是乡长，极体恤农民的一位乡长，故也备受农民的敬重；不幸罹患癌症，四十几岁就去世了。他父亲生前，和他母亲的关系一向不好，几乎谈不上有什么夫妻感情可言。自然，也就有过几次和别的女人的暧昧关系，母亲甚至因此寻过短见。父亲去世以后，母亲一个人拉扯着四个儿女，日子变得朝不保夕。他的妹妹，由于小病没钱治，拖成了大病。水灵灵的一个少女，临死想换一身新衣服美一下，都没美成……

友人嘱咐我，千万不要提他的妹妹，那是他母亲心口永远的痛；也千万不要提他的父亲，那似乎是他母亲永远的怨……

他说："我听过不少父亲们为儿女卖血的事，在我们家里，为供我们几个儿女读书，卖血的却是我母亲。而且像许三观一样，在一个月里卖过两次血。上苍让我母亲活到今天，实在是对她本人和对我们儿女的眷顾……"

茶村的夜晚，万籁俱寂。友人的话语，流露着淡淡的忧悒，绵长的思念。令我的心情也忧悒起来了；并且，令我也思念起了我那没过上几天好日子的老父亲和老母亲……

第二天，王妈妈打发晓鸣到另一个茶村去看望他二姐，却要我留了下来。她不采茶了，让我陪她在村里办点儿事。

我陪她去了几户茶农的家里，显然是茶村生活仍很贫穷的人家。她竟是一家一户去送钱，有的送一百，有的送五十。

"看你，又送钱来，别总操心我们的日子了，我们还过得下去……"

每户人家的人都说类似的话；家家户户的人的话中，却都有"又送钱来"四个字。

那"又送钱来"四个字，令我沉思不已。

她老人家却说："晓鸣的爸又给我托梦了，是他牵挂着你们，嘱咐我一定来看看。"

或者指着我说：“看，我认了个干儿子，和我晓鸣一样，也是教授，都是正的。他们都是每个月开五六千的人，以后我是不缺钱花的一个妈了。周济周济你们，还不应该的……”

我陪着在茶村认的这一位干妈，去给她的女儿、她的丈夫扫了坟。两坟相近，扫罢以后，她跪了很久。

她面对这座坟说：“他爸，儿女们以为我还怨你，其实我早就不怨你了。我还替你做了些事情，那是你生前常做的事情。其实我一直记着你说过的一句话——为人处世，心里边还是多一点儿善良好。你要是也不嫌弃我了，那就给我托梦，在梦里明说。要是不好意思跟我明说，给儿女们托梦说说也行。那么，我死后，就情愿埋在你旁边……”

又对那一座坟说：“幺女啊，妈又来看你了。妈这个月采了二百多元的茶。现在女孩家也该穿裙子了，过几天，妈亲自到乐山去给你买一件漂亮的裙子。听你二姐的女儿说，乐山有一家服装店专卖女孩子穿的衣服，样式全都是时兴的……”

对第一座坟说话时，她的语调很平静；对第二座坟说话时，她忽然泣不成声……

在回家的路上，干妈对我说：“声儿，记着，以后找机会告诉晓鸣，他说得不对。一个塑料瓶子不是两分钱，是一角二分钱。硬铁皮的才两分钱，易拉罐八分钱，顶数塑料瓶子值钱。一斤纸板也不是一角几分钱，是三角钱……”

我诺诺连声而已。不知为什么，那一天这一位友人的老母亲，竟令我心生出几许肃然来……

后来我和我的干妈又聊过几次。

她问我：“如果一个老人生了癌症，最长能活多久，最短又能活多久？”

我以我所知道的常识回答了以后，她沉默良久，又问：“活得越久，岂不是越费钱？”

我一时不知该如何回答，尤其是对这样一位七十七岁了还辛劳不止采茶攒钱的老母亲。

她语调平静地又说：“晓鸣他爸生了癌症，才半个多月就走了。晓鸣寄给我的钱和我自己挣的，加起来快一万元了。现在治病很费钱，不知道一万元够治什么样的病……”

我更加不知如何回答才好，只有摇头。

于是她自问自答：“我死，也许不会因为病。就是因为病，估计也不会病得太久。我加紧再挣点儿钱，攒够一万，估计怎么也够搪病的了。我可不愿拖累儿女们，儿女们各有各的家，也都不容易……”

我装出并没注意听的样子。

不料她突然问："你们城里的老人，如果还挺能吃，就表明还挺能活，是吧？"

我回答："是。"

她说："我们农村的老人，如果还挺能干，才表明挺能活。你看干妈，是不是还挺能干的？"

我又回答："是。"

…………

当我离开茶村时，我和我的干妈，相互都有些依依不舍了。

我又明白了我自己一些——都五十七八的人了，居然还认起干妈来；实不是习惯于虚与委蛇，而是由于在心理上，仍摆脱不了那一种一心想做一个好儿子的愿望。

因为我从来就不曾好好地做过儿子。那是需要些愿望以外的前提的。对于我，前提以前没有。现在，前提倒是有了，父母却没了。

我也更明白了——为什么我的某些同代人，一提起自己过世了的父母就悲泪涟涟。

我是那么羡慕我的好友晓鸣教授。

他的老母亲认下了我这一个干儿子，我觉得格外幸运。而我尤其幸运的是，我的远在一个小小茶村里的干妈，她是一位要强又善良的老人家。

至于她爱捡废品的“缺点”，那是我能理解的；也是我觉得有趣的……

窗的话语

当人的目光注视在另一个人的脸上，吸住它的必是对方的眼睛。是的，是吸住，而不是吸引住。也就是说，哪怕对方并不情愿你那样，你的目光还是会不由自主地那样。好比铁屑被磁石所吸。好比漂在水面的叶子被旋涡所吸。倘对方真的不情愿，那么就会腼腆起来，甚至不自然起来。于是垂下了头。于是将脸转向了别处。于是你立刻意识到了自己那样的不妥。如果你不是一个无礼的家伙，那么你就会约束你的目光别继续那样……

当人走近一所房屋，或一栋楼，首先观看的，必是窗子。窗是房或楼的眼睛。从前的哈尔滨是一座俄桥较多的城市。在一般的社区，他们居住在院子临街的房子里。那些房子一律人字形脊。一律有延出的房檐。房檐下，俄式的窗是一道道风景。对小时候的我而言，具有审美的意义。我想，我对窗的敏感，大约也是儿童和少年对美的敏感吧？

普遍的俄式的窗，四周都用木板进行装饰。如同装饰一幅画的画框。木板锯成各式各样的花边。有的还新刷了乳白色的、草绿色的、海蓝色的、米黄色的、深紫色的或浅粉色的油漆，凸显于墙面，煞是美观。

于是住在房子里的人家，一早一晚多了两项生活内容——开窗棚和关窗棚，它向窗的两边展开，仿佛一本硬封面的大书翻开着。夜晚关上，又仿佛舞台的闭幕。窗棚是有专用的锁的。窗棚一落锁，如同带锁的家庭日记被锁上了。那时的窗，似乎代表着一户人家进行无声的宣告——从即刻起，那一人家要独享时间了。有的窗棚朽旧了，从裂缝泄出了屋里的灯光。开窗棚和关窗棚，是孩子的义务。我巴望尽那么一种家庭义务。然我只有羡慕而已。我家住的破房子深陷地下。所谓窗，自然也被土埋了一半。破碎的玻璃，用纸条粘连着。想擦都没法擦。

我想，小时候的我，对别人家的窗的审美性观看，其实更是一种对温馨的小康生活的憧憬。其硬件是——一所看去不歪不斜的小小房子。而它有两扇，不，哪怕仅仅一扇带窗棚的窗。小时候的我，对家庭生活的私密性，有着一种本能的，近乎神圣的维护意识。我不知它是怎么产生于我小小心灵中的。是别人家的带窗栅的窗给予了我关乎家的暗示吗?

哈尔滨市的南岗区、道里区、道外区,是俄式建筑集中的区域。那些楼都不太高,二层或三层罢了。从前,它们的窗是更加美观的。四周的花边更具有艺术意味。某些窗的上边,有对称的浪花形浮雕,或对称的花藤浮雕、或身姿婀娜的小仙女、或胖得可爱的小仙童浮雕。

对于童年和少年的我,那些窗是会说话的,是有诗性的。似乎都在代表住在里面的主人表达着一种幸福感:看吧,美和我的家是一回事啊!

中国有一句话叫“以貌取人”。

我从不“以貌取人”。

更不会以服裳之雅俗而决定对一个人的态度。

但是坦率地说,我却至今习惯于从一户人家的窗,来判断一户人家生活的心情。倘一户人家的窗一年四季擦得明明亮亮,我认为,实在可以证明主人们的生活态度是积极乐观的。

我家住在一幢六层宿舍楼的第三层。那是一幢快二十年的旧楼。我家住进去也有十几年了。我家是全楼唯一没装修过的人家。但我家的窗一向是全楼最明亮的。每次都由我亲自一扇扇擦个够。我终于圆了小时候的一个梦——拥有了数扇可擦之窗的梦。我热爱那一份家庭义务。起初我擦窗就像猿猴一样灵活，一手扳着窗棂，一手拿抹布。手里是湿抹布，兜里是干抹布。脚蹬才两寸来宽的外窗台，身子稳稳地。看见的人便说："小心点儿，太玄！"我还扭头回答道："没事儿！"每次都那么擦上两三小时。后来不必谁提醒，从某一次起，我自己开始往腰间系绳子了。再后来系绳子也觉得不安全了，于是装了铁栅。亏我，其实非是为了防盗，是为了擦窗方便。现在，站在垫了板的铁栅上，我也变得小心翼翼了。总担心连人带铁栅一齐掉下去。现在的我已经不是十几年前的我了。我不得不暗暗承认我许多方面都开始老了。

哪一天我家也雇小时工擦窗了，我会悲哀的。

心情好时，我擦窗。心情不好时我也擦窗。窗子擦明亮了，心情也似乎随之好转了。

我劝住楼房低层尤其平房的朋友们，尤其男人，尤其心情不好的时候，亲自擦擦自己家的窗户吧！试试看，也许将和我有同样体会。在生活中，有时我们花很微不足道的钱雇他人在最寻常之方面为我们服务，自认为很值。其实，我们也许是在卖出，甚而是贱卖原本属于我们的某种愉快。

我的一名知青战友，返城后，一家三口租住在一间潮湿的地下室。一住，就是十来年。他的儿子，从那地下室的窗，只能望见过往行人的形形色色的鞋和腿。于是画以自娱。父亲大为光火，以为无聊且庸俗。现在，他二十三岁的儿子，已成小有名气的新生代漫画家。

地下室的窗，竟引领了那孩子后来的人生。

我曾到过一个很穷的乡村，那儿竟有一所重点高中。据说学生只要进入了那所高中，就等于一只脚先迈进了包括清华北大在内的重点大学的校门。冠其名曰重点高中，其实校园很小，教室和学生宿舍也旧陋不堪。令我惊讶的是，学生宿舍的所有窗几乎都从里面封上了。用的是厚塑料布加木条。

我问："这些窗……为什么是这样的？"

校长回答："这不冬天快到了吗？我们江南没暖气，为保暖。"我又问："夏天呢？"答："夏天也这样。山上鸟多，学生们需要的是寂静。"

"那……不热吗？"

"热当然是会热的。但如果窗是玻璃的，人就难免会往窗外望啊！我们的学生在宿舍里也习惯了埋头学习看书。学校要将窗安上玻璃，他们还反对呢！"

望着进进出出的学生们苍白的脸，我默然，进而肃然。他们的上进，依我看来，已分明地带有自虐的性质。我顿时联想到“悬梁刺股”的典故。窗代表他们，向我无言地诉说着当代中国穷困的农家子女们，鲤鱼跃龙门般的无怨无悔一往无前的志向。

我只有默然而已，只有肃然而已。

我以为，最令人揪心的，莫过于《卖火柴的小女孩》在大雪天冻死前所凝望着的窗了——窗里有使她馋涎欲滴的烤鹅和香肠，还有能使她免于一死的温暖。

我以为，最令人肃然的，是监狱的窗。在那一种肃然中，几乎一切稍有思想的头脑，都会情不自禁地从正反两方面拷问自己的心灵，也会想到那些沉甸甸的命题：诸如罪恶、崇高、真理的代价以及“一失足成千古恨”……

夜半临窗，无论有月还是无月，无论窗外下着冷雨还是降着严霜还是大雪飘飞，谁心不旷寂？谁心不惆怅？

窗在万籁俱寂的夜晚，似人心和太虚之间一道透明的屏障。大约任谁都会有“我欲乘风归去”的闪念吧？大约任谁都会起破窗而出，融入太虚的冲动吧？

斯时，窗是每一颗细腻的心灵的框。而心是框中画。其人生况味，唯己自知。你望着它，它便也望着你。

我愿意再去一次的地方

几乎人人都知道，贵州有一处著名的风景——黄果树瀑布。

但是知道贵州还有一处美丽的地方叫平塘的人，想来就不那么多了。

平塘是贵州一个县的名字。

到了贵州的人，如果仅去看过了黄果树瀑布，而竟没同时也到平塘去领略一下那里的迷人风光，我以为该算是一种遗憾，甚至也可以说，该算一种损失。

我如此赞美平塘，乃因我这个只到过贵州一次的人，与别人们恰恰相反，没去看黄果树瀑布，却在平塘流连忘返整整一天。

此前，我对贵州的了解，是相当模糊的。

在我还是一个少年的时候，我的父亲作为新中国的第一代建筑工人，曾经在贵州的山岭间工作和生活过多年。那是所谓“大三线”建设的年代。

当年，我以一个小学生的稚拙的字体，在许多信封上写下过“贵州”两个字……

后来，我从中国新闻电影制片厂拍摄的风光纪录片中，看到过贵州的黄果树瀑布。当年，《人民画报》的第一期，还曾以黄果树瀑布作为封面……

再后来，“贵州”二字和我的一位大学同学莫贵阳的名字连在了一起。他自然是贵州人，我们友情深笃。莫贵阳毕业后被分配在贵州人民出版社，由而我开始熟悉了贵州的邮政编码和长途电话区号……

近两年我与“贵州”二字的关系又加深了——因为半个多世纪以前，即日军侵华时期，北大、清华等高校迁往云南，组成“联大”；当年，闻一多便是从云南去往贵州，接他的夫人高真和几个孩子的。我创作电视剧本《缪斯之子》，间接触摸到了当年贵州的脉象……

然综上所述，都只不过是我与“贵州”二字的间接亲密而已。

直至不久前的贵州之行，才终于使我对贵州有了一种较为感性的认识。

平塘——对我而言，它是一个闻所未闻的地方。确切地说，是贵州黔南地区的一个小县，但却是有百年以上历史的那一类，决然不是“80后”的“新生代”。

作为观光者的人，仅在平塘县城内走走看，那么他或她其实并不会感觉到，这一座小县城与西南各省的小县城有什么区别。所以，一定要逛逛它的沿江路段，只有那样，才会领略它水绕山环的妩媚。

我不想将平塘与威尼斯相提并论。事实上相比于威尼斯，平塘很小，而且也根本不能说是一座水城。但是，若将平塘比作小桂林，那么它倒真是有些当之无愧的。因为在全国很难找到另一座城市，会像平塘那样几乎完完全全地被一条河水围住了。平塘和那一条河水的关系，像一条曲线和一个实心圆的平面几何关系。曲线自然便是那一条温柔的河，如同打了一个结，将县城系在结中了。相比于某些空气污染严重的大城市，生活在平塘的人们，显然是享受着一种难得的福气，那里的空气指数一向优良呢！

从县城驱车半小时，便到达了古代地质化石公园。

这是中国很特殊的一处园址。因为它只有入门处，而没有另一处出去的门。也不可能有另一处出去的门。入得门来，便进入了山区。人即使走上一天，还是山区。再走上一天，也仍是山区。那是风光旖旎的山区。每隔百步，眼前便有不同的景观。可以肯定，迄今为止，还没有一个人将那公园逛遍过。一言以蔽之，它当得起是另一处九寨沟。

令我惊讶的是，在那公园的入口前方，有一处坝子。坝子的四周，居然有几个小小的自然村落。

九月，早稻已然收割了。坝子最平整的地块，满目金黄。下着如丝的细雨，然而天空却晴朗着。大约只有四周环山的坝子地带，才每现晴日落雨的气象吧？几匹马和几头牛的身影，或立在或卧在地里，一动不动，如同雕塑。

那情形，仿佛是一幅凡·高的画。

最美的自然还是从山里流下来的泉水。即使是在那泉水积蓄的地方，水中也见不到一条小鱼。因为泉水太清澈了，鱼没有办法生存。当地人家，终年饮用之。是大自然赐予人类的环保之水。

我问公园的管理者，日后是否打算将那几个小小自然村里的人们赶走？

他们回答说并无此种考虑。“当地百姓的环保意识很强，从不做任何破坏环保的事情。恰恰相反，他们都已是自然环境的守护神。何况，你不觉得那几个小村的存在本身，也成为着美好的风景，与公园的景观浑然一体吗？”

我说：“正是那样。”

平塘是令人流连忘返的。

我在公园内外不知不觉地观赏了三个多小时，然而也只不过是看到了它的一角。正如面对一位遮纱的阿拉伯女郎，我只不过看到了“她”的一双秀目。

平塘是迷人的。

它是我愿意再去一次的地方……

第四章

做竹须空，做人须直

读书会让寂寞变成享受

寂寞是由于想做事而无事可做，想说话而无人与说，想改变自身所处的这一种境况而又改变不了。是的，以上基本就是寂寞的定义了。寂寞是对人性的缓慢的破坏。寂寞相对于人的心灵，好比锈相对于某些容易生锈的金属。

但不是所有的金属都那么容易生锈。金子就根本不生锈。不锈钢的拒腐蚀性也很强。而铁和铜，我们都知道，它们极容易生锈，像体质弱的人极容易伤风感冒。

某次和大学生们对话时，被问：“阅读的习惯对人究竟有什么好处？”我回答了几条，最后一条是：“可以使人具有特别长期地抵抗寂寞的能力。”他们笑。我看出他们皆不以为然。他们的表情告诉了我他们的想法：我们需要具备这一种能力干什么呢？

是啊，他们都那么年轻，大学又是成千上万的青年学子云集的地方，一间寝室住六名同学，寂寞沾不上他们的边啊！但我同时看出，其实他们中某些人内心深处别提有多寂寞。

而大学给我的印象正是一个寂寞的地方。大学的寂寞包藏在许多学子追逐时尚和娱乐的现象之下。所以他们渴望听老师以外的人和他们说话，不管那样的一个人是干什么的，哪怕是一名犯人在当众忏悔。似乎，越是和他们的专业无关的话题，他们参与的热忱度越高。因为正是在那样的时候，他们内心深处的寂寞获得了适量地释放一下的机会。

故我以为，寂寞还有更深层的定义，那就是——从早到晚所做之事，并非自己最有兴趣的事；从早到晚总在说些什么，但没几句是自己最想说的话。即使改变了这一种境况，另一种新的境况也还是如此，自己又比任何别人更清楚这一点。

这是人在人群中的一种寂寞。

这是人置身于种种热闹中的一种寂寞。

这是另类的寂寞，现代的寂寞。

如果这样的一个人，心灵中再连值得回忆一下的往事都没有，头脑中再连值得梳理一下的思想都没有，那么他或她的人性，很快就会从外表锈到中间。

无论是表层的寂寞，还是深层的寂寞，要抵抗住它对人心的伤害，那都是需要一种人性的大能力的。

我的父亲虽然只不过是一名普通的建筑工人，也遭到过流放式的对待。差不多有七八年的时间，他独自一人在四川的深山里为工人食堂种菜。他一人开了一大片荒地，一年到头不停地种，不停地收。隔两三个月有车进入深山给他送一次粮食和盐，并拉走菜。

他靠什么排遣寂寞呢？

近五十岁的男人了，我的父亲，他竟学起了织毛衣。没有第二个人，没有电，连猫狗也没有，更没有任何可读物。有，对于他也是白有，因为他几乎是文盲。他劈竹子自己磨制了几根织针。七八年里，将他带上山的新的旧的劳保手套一双双拆绕成线团，为我们几个他的儿女织袜子、织线背心。

这一种从前的女人才有的技能，他一直保持到去世那一年。织，成了他的习惯。那一年，他七十七岁。

劳动者为了不使自己的心灵变成容易生锈的铁或铜，也只有被逼出了那么一种能力。

而知识分子，我以为，正因为所感受到的寂寞往往是更深层的，所以需要有更强的抵抗寂寞的能力。这一种能力，除了靠阅读来培养，目前我还想不出别种办法。胡风先生当年被囚禁的时间最长——三十余年。他的心经受过双重的寂寞的伤害。胡风先生逝世后，我曾见过他的夫人一面，惴惴地问："先生靠什么抵抗住了那么漫长的与世隔绝的寂寞？"她说："还能靠什么呢？靠回忆，靠思想。否则他的精神早崩溃了，他毕竟不是什么特殊材料的人啊！"但我心中暗想，胡风先生其实太够得上是特殊材料的人了啊！幸亏他是大知识分子，故有值得一再回忆之事，有值得一再梳理之思想。若换了我的父亲，仅仅靠拆了劳保手套织东西，肯定是要在漫长的寂寞伤害之下疯了吧？

知识给予知识分子最宝贵的能力是思想的能力。因为靠了思想的能力，无论被置于何种孤单的境地，人都不会丧失最后一个交谈伙伴，而那正是他自己。自己与自己交谈，哪怕仅仅做这一件在别人看来什么也没做的事，那也足以抵抗很漫长的寂寞。如果居然还侥幸有笔，有足够的纸，孤独和可怕的寂寞也许还会开出意外的花朵。《绞刑架下的报告》《可爱的中国》《堂吉诃德》的某些章节、欧·亨利的某些经典短篇，便是在牢房里开出的思想的或文学的花朵。

思想使回忆成为知识分子的驼峰。而最强大的寂寞，还不是想做什么事而无事可做，想说话而无人与说，而是想回忆而没有什么值得回忆的，是想思想而早已丧失了思想的习惯。这时人就自己赶走了最后一个陪伴他的人，他一生最忠诚的朋友——他自己。

谁都不要错误地认为孤独和寂寞这两件事永远不会找到自己头上。现代社会的真相告诫我们，那两件事迟早会袭击我们。人啊，为了使自己具有抵抗寂寞的能力，读书吧！人啊，一旦具备了这一种能力，某些正常情况下，孤独和寂寞还会由自己调节为享受着的时光呢！

晚秋读诗

潇潇秋雨后，渐渐天愈凉。

我知道，那也许是今年最后的一场秋雨。傍晚时分，急骤的雨点儿如一群群黄蜂，齐心协力扑向我刚擦过的家窗。那么仓皇，似乎有万千鸟儿蔽天追啄，于是错将我家当成安全的所在，欲破窗而入躲躲藏藏。又似乎集体地怀着种愠怒，仿佛我曾做过什么对不起它们的事，要进行报复。起码，弄湿我的写字桌，以及桌上的书和纸……

春雨斯文又缠绵，疏而纡且渺漫迷蒙。故唐诗宋词中，每用“细”字形容，每借花草的嫩状衬托。如“随风潜入夜，润物细无声”句，如“东风吹雨细于尘”句，如“天街小雨润如酥”句……而我格外喜欢的，是唐朝诗人李山甫“有时三点两点雨，到处十枝五枝花”句，将春雨的斯文缠绵写到了近乎羞涩的地步，将初蕾悄绽为新花的情景，也描摹得那么春趣盎然，于不经意间用朴素得不能再朴素的文字醇出了一派春醉。

夏雨最多情。如同曾与我们海誓山盟过的一个初恋女子，“情绪”浪漫充沛又任性。“旅行”于东西南北地，过往于六七八月间，每踏雷而来，每乘虹而去。我们思念它时，它却不知云游何处，使我们仰面于天望眼欲穿，企盼有一大朵积雨云从天际飘至；而我们正喜悦于晴日的朗丽之际，倏忽间雷声大作，乌云遮空。于是“天外黑风吹海立，浙东飞雨过江来”。阵雨是夏雨猝探我们的惯常方式。它似乎总是一厢情愿地以此方式表达对我们的牵挂。它从不认为它的这种方式带有滋扰性，结果我们由于毫无心理准备，每陷于不知所措，乍惊在心头，呆愕于脸上的窘境。几乎只夏季才有阵雨。倘它一味儿恣肆地冲动起来，于是“雷声远近连彻夜，大雨倾盆不终朝”。于是“黑云翻墨未遮山，白雨跳珠乱入船”；于是“惊风乱飐芙蓉水，密雨斜侵薜荔墙”，烦得我们一味儿祈祷“残虹即刻收度雨，杲杲日出曜长空”。当然夏雨也有彬彬而至之时。斯时它的光临平添了夏季的美好。但见“千里稻花应秀色，五更桐叶最佳音”。它彬彬而至之时，又几乎总是在黄昏或夜晚，仿佛宁愿悄悄地来，无声地去。倘来于黄昏，则“墙头雨细垂纤草，水面风回聚落花”；则江边“雨洗平沙静，天衔阔岸纡”，可观“半截云藏峰顶塔”，望“两来船断雨中桥”；则庭中“落花人独立，微雨燕双飞”，可闻“过雨荷花满院香”“青草池塘处处蛙”；可觉“墙头语鹊衣犹湿”“夏木阴阴正可人”。而山村，则“罗汉松遮花里路，美人蕉错雨中棂”。

倘来于夜晚，则“楼外残雷气未平”，则“雨中草色绿堪染”。于是翌日的清晨，虹消雨霁，彩彻云衢，朝霞半缕，网尽一夜风和雨，使人不禁想说——天气真好！

秋雨凄冷澹寒，易将某种不可言说的伤感，一把把地直往人心里揣。仿佛它竟是耗尽了缠绵的春雨，虚抛了几番浪漫和激情的夏雨，憔悴了一颗雨的清莹之魂，心曲盘桓，自叹幽情苦绪何人知？包罗着万千没结果的苦恋所生的委屈和哀怨，欲说还休，于是只有一味儿哭泣，哭泣……使老父老母格外地惦念儿女；使游子格外地思乡想家；使女人悟到应变得更温柔，以安慰男人的疲惫；使男人油然自省，忏悔和谴责自己曾伤害过女人心地的行为……

床前明月光，

疑是地上霜。

举头望明月，

低头思故乡。

一场秋雨一场寒，十场秋雨换上棉。在秋风肃杀、秋雨凄凄的日子里，人心除了伤感，其实往往也会变得对生活、对他人、包括对自己，多一份怜惜和爱护之情。因为可能正是在第二天的早晨，霜白一片雨变冰。于是不日“才见岭头云似盖，已惊岩下雪如尘”。

秋风先行，但见“落叶西风时候，人共青山都瘦”。秋风仿佛秋雨的长姐，其行也匆匆，其色也厉厉。扯拽着秋雨，仿佛要赶在“溪深难受雪，山冻不留云”的冬季之前，向人间替秋雨讨一个说法。尽管秋雨的哀怨，完全是它雨魂中的特征，并非是人委屈于它或负心于它的结果。

秋风所至，“萧瑟兮草木摇落而变衰”，直吹得“只有一枝梧叶，不知多少秋声”，直吹得“秋色无远近，出门尽寒山”，直吹得“多少绿荷相依恨，一时回首背西风”。

在寒秋日子里，读如此这般诗句，使人不禁惜花怜树，怪秋风忒张狂。恨不得展一床接天大被，替挡秋风的直接袭击。

但是若多读唐诗宋词，也不难发现相反意境的佳篇。比如宋代诗人杨万里的《秋凉晚步》：

秋气堪悲未必然，
轻寒正是可人天。
绿池落尽红蕖却，
荷叶犹开最小钱。

家居附近自然无荷塘，难得于人秋的日子，近睹荷花迟开的胭红本色，以及又有多么小的荷叶自水下浮出，翠翠的仍绿惹人眼。

一日散步，想起杨万里的诗，于是蹲在草地，拂开一片亡草的枯黄，蓦地，真真切切但见有嫩嫩芊芊的小草，隐蔽地悄生悄长！

想必是当年早熟的草籽落地，便本能地生根土中，与节气比赛看，抓紧时日体现出植物的生命形式。

寒冬是马上就要来临了。那一茎茎嫩嫩芊芊的小草，其生其长还有什么意义呢？

我不禁替它们惆怅。

晚秋的阳光，呼着节气最后的些微的暖意普照园地。刚一起身，顿觉眼前有什么美丽的东西漫舞而过。定睛看时，呀，却是一双小小彩蝶。它们小得比蛾子大不了多少。然而的确是一双彩蝶，而非蛾子。颜色如刚孵出的小鸡，灿黄中泛着青绿。翅上皆有漆黑的纹理和釉蓝的斑点儿。

斯时满园林“是处红衰翠减”，风定秋空澄净。一双小小彩蝶，就在那暖意微微的晚秋阳光中，翩翩漫漫，忽上忽下，做最后的伴飞伴舞……

我一时竟看得呆了。

冬季之前，怎么还会有蝶呢？

难道它们和那些小草一样，错将秋温误作春暖，不合时宜地出生了吗？

它们也要与节气比赛似的，也仿佛要抓紧最后的时日，以舞的方式，演绎完它们千古流传的爱情故事。而且，分明地，要尽量在对舞中享受是蝶的生命的浪漫！

我呆望它们，倏忽间，内心里倍觉感动。

“最是秋风管闲事，红他枫叶白人头”——人在节气变化之际所容易流露的感伤，说到底，证明人是多么容易悲观的啊！这悲观虽然不一定全是做作，但与那小草、小蝶相比，不是每每诉说了太多的自哀自怜吗？

这么一想，心中秋愁顿时化解，一种乐观油然而生。我感激杨万里的诗。感激那些嫩嫩芊芊的小草和那一双美丽的小蝶，它们使我明白——人的心灵，永远应以人自己的达观和乐观来关爱着才对的啊！

时间即“上帝”

少年时读过高尔基的一篇散文——《时间》。

高尔基在文中表现出了对时间的无比敬畏。不，不仅是敬畏，甚至可以说是一种极其恐惧的心理。是的，是那样。因为高尔基确乎在他的散文中用了“恐惧”一词。

他写道：“夜不能眠，在一片寂静中听钟表之声嘀嗒，顿觉毛骨悚然，陷于恐惧……”

少年的我读这一篇散文时是何等的困惑不解啊！怎么，写过激情澎湃的《海燕》的高尔基，竟会写出《时间》那般沮丧的东西呢？

步入中年后，我也经常对时间心生无比的敬畏。我对生死的问题比较地能想得开，所以对时间并无恐惧。

我对时间另有一些思考。

有神论者认为一位万能的神化的“上帝”是存在的。

无论神论者认为每一个人都可以成为自己的“上帝”，起码可以成为主宰自己精神境界的“上帝”。

我的理念倾向于无神论。

但，某种万能的，你想象其寻常便很寻常，你想象其神秘便很神秘的伟力是否存在呢？如果存在是什么呢？

我认为它就是时间。

我认为时间即“上帝”。

它的伟力不因任何人的意志而转移。

“愚公移山”“精卫填海”，其意志可谓永恒，但用一百年挖掉了两座大山又如何？用一千年填平了一片大海又如何？因为时间完全可以再用一百年堆出两座更高的山来；完全可以再用一千年“造”出一片更广阔的海域来。甚至，可以在短短的几天内便依赖地壳的改变完成它的“杰作”。那时，后人早已忘了移山的愚公曾在时间的流程中存在过；也早已忘了精卫曾在时间的流程中存在过。而时间依然年轻。

只有一样事物是有计算单位但无限的，那就是时间。

“经受时间的考验”这一句话，细细想来，是人的一厢情愿。因为事实上，宇宙间没有任何事物能真正经受得住时间的考验。一千年以后金字塔和长城也许成为传说，珠峰会怎样很难预见。

归根到底我要阐明的意思是：因为有了人，时间才有了计算的单位；因为有了人，时间才涂上了人性的色彩；因为有了人，时间才变得宝贵；因为有了人，时间才有了它自己的简史；因为有了人，时间才有了一切的意义……

而在时间相对于人的一切意义中，我认为，首要的意义是——因为有了时间，人才思考活着的意义；因为在地球上的一切生命形式中，独有人进行这样的思考，人类才有创造的成就。

人类是最理解时间真谛，也是最接近着时间这一位“上帝”的。

每个具体的人亦如此。

连小孩子都会显出“时间来不及了！”的忐忑不安或“时间多着呢！”的从容自信。

决定着人的心情的诸事，掰开了揉碎了分析，十之八九皆与时间发生密切关系。

人类赋予了冷冰冰的时间以人性的色彩；反过来，具有了人性色彩的时间，最终是以人性的标准“考验”着人类的状态。那么，谁能说和平不是人性的概念？谁能说民主不是人性的概念？谁能说平等和博爱不是时间要求于人类的？

人啊，敬畏时间呢，因为，它比一位神化的“上帝”对我们更宽容；也比一位神化的“上帝”对我们更严厉。

人敬畏它的好处是，无论自己手握多么至高无上的权杖，都不会幼稚地幻想自己是众生的“上帝”。因为也许，恰在人这么得意着的某个日子，时间离开了他的生命……

论温馨

如今想来，温馨在母亲和弟弟妹妹眼里，在我心里。他们眼里有种感动，我心里有种快乐。仿佛，感动是火苗，快乐是劈柴，于是家里温馨重重。尽管那时还没生火，屋子挺冷……

温馨是纯粹的汉语词。

近年常读到它，常听到它；自己也常写到它，常说到它。于是静默独处之时每想——温馨，它究竟意味着什么呢？

是某种情调吗？是某种氛围吗？是客观之境？抑或仅仅是主观的印象？它往往在我们内心里唤起怎样的感觉？我们为什么特别不能长期地缺少了它？

那夜失眠，依床而坐，将台灯罩压得更低，吸一支烟，于万籁俱寂中细细筛我的人生，看有无温馨之蕊风干在我的记忆中。

从小学二三年级起，母亲便为全家的生活去离家很远的工地上班。每天早上天未亮便悄悄地起床走了，往往在将近晚上八点时才回到家里。若冬季，那时天已完全黑了。比我年龄更小的弟弟妹妹都因天黑而害怕，我便冒着寒冷到小胡同口去迎母亲。从那儿可以望到马路。一眼望过去很远很远，不见车辆，不见行人。终于有一个人影出现，矮小，然而“肥胖”。那是身穿了工地上发的过膝的很厚的棉坎肩所致。像矮小却穿了笨重铠甲的古代兵卒。断定那便是母亲。在幽蓝清冽的路灯光下，母亲那么快地走着。她知道小儿女们还饿着，等着她回家胡乱做口吃的呢！

于是跑着迎上去，边叫：“妈！妈！”

如今回想起来，那远远望见的母亲的古怪身影，当时对我即是温馨。回想之际，觉得更是了。

小学四年级暑假中的一天，跟同学们到近郊去玩儿，采回了一大捆狗尾草。采那么多狗尾草干什么呢？采时是并不想的。反正同学们采，自己也跟着采，还暗暗竞赛似的一定要比别的同学采得多，认为总归是收获。母亲正巧闲着，于是用那一大捆狗尾草为弟弟妹妹们编小动物。转眼编成一只狗，转眼编成一只虎，转眼编成一头牛……她的儿女们属什么，她就先编什么。之后编成了十二生肖。再之后还编了大象、狮子和仙鹤、凤凰……母亲每编成一种，我们便赞叹一阵。于是母亲一向忧愁的脸上，难得地浮现出了微笑……

如今回想起来，母亲当时的微笑，对我即是温馨。对年龄更小的弟弟妹妹们也是。那些狗尾草编的小动物，插满了我们破家的各处。到了来年，草籽干硬脱落，才不得不一一丢弃。

我小学五年级时，母亲仍上着班。但那时我已学会了做饭。从前的年代，百姓家的一顿饭极为简单，无非贴饼子和粥。晚饭通常只是粥。用高粱米或苞谷楂子煮粥，很费心费时的。怎么也得两小时后才能煮软。我每坐在炉前，借炉口映出的一小片火光，一边提防着粥别煮煳了一边看小人书。即使厨房很黑了也不开灯，为的省几度电钱……

如今回想起来，当时炉口映出的一小片火光，对我即是温馨。回想之际，觉得更是了。

由小人书联想到了小人书铺。我是那儿的熟客，尤其冬日去。倘积攒了五六分钱，坐在靠近小铁炉的条凳上，从容翻阅；且可闻炉上水壶滋滋作响，脸被水汽润得舒服极了，鞋子被炉壁烘得暖和极了；忘了时间，忘了地点；偶一抬头，见破椅上的老大爷低头打盹，而外边，雪花在土窗台上积了半尺高……

如今想来，那样的夜晚，那样的时候，那样的地方，相对是少年的我便是一个温馨的所在。回想之际，觉得更是了。

上了中学的我，于一个穷困的家庭而言，几乎已是全才了。抹墙，修火炕，砌炉子，样样活儿都拿得起，干得很是在行。几乎每一年春节前，都要将个破家里里外外粉刷一遍。今年墙上滚这一种图案，明年一定换一种图案，年年不重样。冬天粉刷屋子别提有多麻烦，再怎么注意，也还是会滴得哪儿哪儿都是粉浆点子。母亲和弟弟妹妹们撑不住盹，东倒西歪全睡了。只有我一个人还在细细地擦、擦、擦……连地板都擦出清晰的木纹了。第二天一早，母亲和弟弟妹妹们醒来，看看这儿，瞅瞅那儿，一切干干净净有条不紊；看得目瞪口呆……

如今想来，温馨在母亲和弟弟妹妹眼里，在我心里。他们眼里有种感动，我心里有种快乐。仿佛，感动是火苗，快乐是劈柴，于是家里温馨重重。尽管那时还没生火，屋子挺冷……

下乡了，每次探家，总是在深夜敲门。灯下，母亲的白发是一年比一年多了。从怀里掏出积攒了三十几个月的钱无言地塞在母亲瘦小而粗糙的手里，或二百，或三百。三百的时候，当然是向知青战友们借了些的。那年月，二三百元，多大一笔钱啊！母亲将头一扭，眼泪就下来了……

如今想来，当时对于我，温馨在母亲的泪花里。为了让母亲过上不必借钱花的日子，再远的地方我都心甘情愿地去，什么苦都算不上是苦。母亲用她的泪花告诉我，她完全明白她这一个儿子的想法。我心使母亲的心温馨，母亲的泪花使我心温馨……

参加工作了，将老父亲从哈尔滨接到了北京。十四年来的一间筒子楼宿舍，里里外外被老父亲收拾得一尘不染。经常地，傍晚，我在家里写作，老父亲将儿子从托儿所接回来了。但听父亲用浓重的山东口音教儿子数楼阶："一、二、三……"所有在走廊里做饭的邻居听了都笑，我在屋里也不由得停笔一笑。那是老父亲在替我对儿子进行学前智力开发，全部成果是使儿子能从一数到了十。

父亲常慈爱地望着自己的孙子说："几辈人的福都让他一个人享了啊！"

其实呢，我的儿子，只不过出生在筒子楼，渐渐长大在筒子楼。

有天下午我从办公室回家取一本书，见我的父亲和我的儿子相依相偎睡在床上，我儿子的一只小手紧紧揪住我父亲的胡子——他怕自己睡着了，爷爷离开他不知到哪儿去了……

那情形给我留下极为温馨的印象；还有我老父亲教我儿子数楼阶的语调，以及他关于“福”的那一句话。

后来父亲患了癌症，而我又不能不为厂里修改一部剧本。我将一张小小的桌子从阳台搬到了父亲床边，目光稍一转移，就能看到父亲仰躺着的苍白的脸。而父亲微微一睁眼，就能看到我，和对面他养了十几条美丽金鱼的大鱼缸。那是在父亲不能起床后我为父亲买的。十月的阳光照耀着我，照耀着父亲。他已知自己将不久于世，然只要我在身旁，他脸上必呈现着淡对生死的镇定和对儿子的信赖。一天下午一点多我突觉心慌极了，放下笔说：“爸，我得陪您躺一会儿。”尽管旁边有备我躺的钢丝床，我却紧挨着老父亲躺了下去。并且，本能地握住了父亲的一只手。五六分钟后，我几乎睡着了，而父亲悄然而逝……

如今想来，当年那五六分钟，是我一生体会到的最大的温馨。感谢上苍，它启示我那么亲密地与老父亲躺在一起，并且握着父亲的手。我一再地回忆，不记得此前也曾和父亲那么亲密地躺在一起过；更不记得此前曾在五六分钟内轻轻握着父亲的手不放过。真的感谢上苍啊，它使我们父子的诀别成了我内心里刻骨铭心的温馨……

后来我又一次将母亲接到了北京，而母亲也病着了。邻居告诉我，每天我去上班，母亲必站在阳台上，脸贴着玻璃望我，直到无法望见为止。我不信，有天在外边抬头一看，老母亲果然在那样地望我。母亲弥留之际，我企图嘴对着嘴，将她喉间的痰吸出来。母亲忽然苏醒了，以为她的儿子在吻别她。母亲她的双手，一下子紧紧搂住了我的头，搂得那么紧那么紧。于是我将脸乖乖地偎向母亲的脸，闭上眼睛，任泪水默默地流。

如今想来，当时我的心悲伤得都快要碎了。之所以并没碎，是由于有温馨粘住了啊！在我的人生中，只记得母亲那么亲爱过我一次，在她的儿子快五十岁的时候。

现在，我的儿子也已大三了。有次我在家里，无意中听到了他与他同学的交谈：

“你老爸对你好吗？”

“好啊。”

“怎么好法？”

“我小时候他总给我讲故事。”

其实，儿子小时候，我并未“总给”他讲故事。只给他讲过几次，而且一向是同一个自编的没结尾的故事。也一向是同一种讲法——该睡时，关了灯，将他搂在身旁，用被子连我自己的头一起罩住，口出异声："呜……荒郊野外，好大的雪，好大的风，好黑的夜啊！冷呀！呱嗒，呱嗒……爪子落在冰上的声音……大怪兽来了，它嗅到了我们的气味儿了，它要来吃我们了……"

儿子那时就屏息敛气，缩在我怀里一动也不敢动。幼儿园老师觉出儿子太胆小，一问方知缘故，曾郑重又严肃地批评我："你一位著名作家，原来专给儿子讲那种故事啊！"

孰料，竟在儿子那儿，变成了我对他"好"的一种记忆。于是不禁地想，再过若干年，我彻底老了，儿子成年了，也会是一种关于父亲的温馨的回忆吗？尽管我给他的父爱委实太少，但却同一切似我的父亲们一样抱有一种奢望，那就是——将来我的儿子回忆起我时，或可叫作"温馨"的情愫多于"呜……呱嗒、呱嗒……"

某人家乔迁，新居四壁涂暖色漆料，贺者曰："温馨。"

年轻夫妻终于拥有了自己的小家，他们最在乎的定是卧室的装修和布置，从床、沙发的样式到窗帘的花色，无不精心挑选，乃为使小小的私密环境呈现温馨。

少女终于在家庭中分配到了属于自己的房间，也许很小很小，才七八平方米，摆入了她的小床和写字桌再无回旋之地；然而几天以后你看吧，它将变得每一个角落都充满了温馨。

新房大抵总是温馨的。倘一对新人恩爱无限，别人会感到连床边的两双拖鞋都含情脉脉似的；吸一下鼻子，仿佛连空气中都飘浮着温馨。反之，若同床异梦，貌合神离，那么新房的此处或彼处，总之必有一处地方的一样什么东西向他人暗示，其实反映在人眼里的温馨是假的。

在商业的时代，温馨是广告语中频频出现的词汇之一。我曾见过如下广告：

“饮 ×× 酒吧，它能使你的人生顿变温馨。”

我想，那大约只能是对斯文的醉君子而言，若是酒鬼又醉了，顿时感到的一定是他的人生的另一种滋味。

最令我讶然的是一则妇女卫生巾广告：

“用 ×× 卫生巾，带给你难忘温馨。”

余也愚钝，百思不得其解。

酒吧总是刻意营造温馨的。

我虽一向拒沾酒气，却也被朋友邀至过酒吧几次。

朋友问：“够温馨吧？”

烛光相映，人面绰约，靡音萦绕；有情人或耳鬓厮磨，或呢哝低语。

我说：“温馨。”

然内心里却半点儿体会到温馨的真感觉也没有。

我想，温馨肯定是多种多样的。除了那两条广告其意太深我无法理解，以上种种皆是温馨，也不该成为什么问题。

我想，温馨一定是有共性前提的。首先它只能存在于较小的空间。世界上的任何宫殿都不可能是温馨的，但宫殿的某一房间却会是温馨的。最天才的设计大师也不能将其展览馆搞成一处温馨的所在；而最普通的女人，仅用旧报纸、窗花和一条床单几副相框，就足以将一间草顶泥屋收拾得温馨慰人；在一辆“奔驰”车内放一排布娃娃给人的印象是怪怪的，而有次我看见一辆“奥拓”车内那样，却使我联想到了少女的房间。其次温馨它一定是同暖色调相关的一种环境。一切冷色调都会彻底改变它，而一切艳颜丽色也将使温馨不再。那时它或者转化为浪漫，或者转化为它的反面，变成了妩媚和庸俗。温馨也当然地是与光线相关的一种环境。黑暗中没温馨。亮亮堂堂的地方也与温馨二字无缘。所以几乎可以断言，盲人难解温馨何境。而温馨所需要的那一种光，是半明半暗的，是亦遮亦显的，是总该有晕的。温馨并不直接呈现在光里，而呈现在光的晕里。故刻意追求温馨的人，就现代的人而言，对灯的形状、瓦数和灯罩，都是有极讲究的要求的。

这样看来，离不开空间大小，色彩种类，光线明暗的温馨，往往是务须加以营造的效果了。人在那样的环境里，男的还要流露多情，女的还要尽显妩媚，似乎才能圆满了温馨。若无真心那样，作秀既是难免的，也简直是必要的。否则呢，岂不枉对了那不大不小的空间，那沉醉眼球的色彩，那幽晕迷人的灯光，那使人神经为之松弛的气氛了吗？

是的是的，我承认以上种种都是温馨，承认人性对它的需要就像我们的肉体需要性和维生素一样。

但我觉得，定有另类的一种温馨，它不是设计与布置的结果，不是刻意营造出来的。它储存在寻常人们所过的寻常的日子里，偶一闪现，转瞬即逝，溶解在寻常日子的交替中。它也许是老父亲某一时刻的目光；它也许曾浮现于老母亲变形了的嘴角；它也许是我们内心的一丝欣慰；甚至，可能与人们所追求的温馨恰恰相反，体现为某种忧郁、感伤和惆怅。

它虽溶解在日子里了，却并没有消亡，而是在光阴和岁月中渐渐沉淀，等待我们不经意间又想起了它。

而当我们想起了它的时候，我们往往会对自己说——温馨吗？我知道那是什么！并且，顿感其他一概的温馨，似乎都显得没有多少意味了……

做竹须空，做人须直

“人生”对我是个很沉重的话题。

五次文代会我因身体不好迟去报到了两天。会上几次打电话到厂里催我，还封了我一个“副团长”。

那天天黑得异常早，极冷，风也大。

出厂门前，我在收发室逗留了一会儿，发现了寄给我的两封信。一封是弟弟写来的，一封是哥哥写来的。我一看落款是“哈尔滨精神病院”，一看那秀丽的笔画搭配得很漂亮的笔体，便知是哥哥写来的。我已十五六年没见过哥哥的面了，已十五六年没见过哥哥的笔体了。当时那一种心情真是言语难以表述。这两封信我都没敢拆。我有某种沉重的预感。看那两封信，我当时的心理准备不足。信带到了会上，隔一天我才鼓起勇气看。弟弟的信告诉我，老父亲老母亲都病了。

他们想我，也因《无冕皇帝》的风波为我这难尽孝心的儿子深感不安。哥哥的信词句凄楚至极——他在精神病院看了根据我的小说《父亲》改编的电视剧，显然情绪受了极大的刺激。有两句话使我整个儿的心战栗——“我知我有罪孽，给家庭造成了不幸。如果可能，我宁愿割我的肉偿还家人！”“我想家，可我的家在哪儿啊？谁来救救我？哪怕让我再过上几天正常人的生活就死也行啊！”

我对坐在身旁的中国电影家协会书记张青同志悄语，请她单独主持下午会议发言，便匆匆离开了会场。一回到房间，我恨不得大哭，恨不得大喊，恨不得用头撞墙！我头脑中一片空白，眼泪默默地流。几次闯入洗澡间，想用冷水冲冲头，进去了却又不知自己想干什么……

我只反复地在心里对自己说两个字：房子、房子、房子。

母亲已经七十二岁，父亲已经七十八岁。他们省吃俭用，含辛茹苦抚养大了我。我却半点儿孝心也没尽过！他们还能活在世上几天？我一定要把他们接到身边来！我要他们死也死在我身边！我要给他们送终，我有这个义务！我的义务都让弟弟妹妹分担了，而弟弟妹妹们的居住条件一点儿也不比我强！如果我不能在老父老母活着的时候尽一点儿孝子之心，我的灵魂将何以安宁？

哥哥是一位好哥哥，大学里的学生会主席。我与哥哥从小手足之情甚笃。我做了错事，哥哥主动代我受过。记得我小时候生过一场大病，想吃蛋糕。深更半夜，哥哥从郊区跑到市内，在一家日夜商店给我买回了半斤蛋糕！那一天还下着细雨，那一年哥也不过才十二三岁……

有些单位要调我，也答应给房子，但须等上一两年，童影的领导会前也找我谈过，也希望我到童影去起一些作用。童影的房子也很紧张，但只要我肯去，他们现调也要腾出房子来，当时我由于恋着创作，未下决心。

面对着两封信，一切的得失考虑都不存在了。

我匆匆草了一页半纸的请调书——用的就是五次文代会的便笺。接着，我去将童影顾问于蓝同志从会上叫出，向她表明我的决心。老同志一向从品格到能力对我充满信任感，执着双手说："你做此决定，我离休也安心了！"随后我将北影新任厂长宋崇叫出，请他——其实是等于逼他在我的请调书上签了字。开始他愣愣地瞧着我，半晌才问："晓声，你怎么了？你对我有什么误解没有？"我将两封信给他看。他看后说："我答应给你房子啊！我在全厂大小会上为你呼吁过啊！”这是真话。这位新上任的厂长对我很信任，很关心，而且是由衷的。岂止是他，全体北京电影制片厂艺术委员会的同事都为我呼吁过。连从不轻率对任何事表态的德高望重的老导演水华同志，都在会上说过“不能放梁晓声走”的话。北影对我是极有感情的。我对北影也是极有感情的。

记得我当时对宋崇说的是：“别的话都别讲了，北影的房子五月才分，而我恨不得明天后天就将父亲母亲哥哥接来！别让我跪下来求你！”

他这才真正理解了我的心情，沉吟半晌说：“你给我时间，让我考虑考虑。”

下午，他还给了我那请调报告，我见上面批的是：“既然童影将我支持给了北影，我没有任何理由不将晓声支持给童影。但我的的确确很不愿放他走。”

为了房子，到童影干什么我都心甘情愿，哪怕是公务员。童影当然不是调我去当公务员。于是我成了童影的艺术厂长……

我正式到童影上班两个多月了，给我的房子却还未腾出来。

我身患肝硬化，应全休，但我能刚刚调到童影就全休吗？每天上班，想不上班也得上班。中午和晚上回去迟了，上了小学的儿子进不了家门，常常在走廊里哭。

房子没住上就不担当工作吗？那也未免过分功利了。事实上，我现在已是全部身心地投入我的那份儿工作。我总不能骗房子住啊！

“人生”这个话题对我来说真是沉重的，我谈这个话题如同癌症患者对人谈患癌症的症状……

我从前不知珍惜父母给予我的这血肉之躯，现在我明白这是一个大的错误。明白了之后我还是把自己“抵押”给了童影厂。现在我才了解我自己其实是很怕死的。怕死更是因为觉得遗憾。身为小说家面对这纷杂的、迷乱的、浮躁的时代，我认为仍有那么多可以写的、能够写的、值得写的。我最需要谨慎地爱惜自己的时候，亲人和朋友们善良劝告，我也只能当成是别人的一种善良而已。我的血肉之躯是父母给予我的，我以血肉之躯回报父母，我别无选择。这是无奈的事。我认可这无奈，同时牢记着家母的训导。

家母对我做人的训导是——做竹须空，做人须直。

在我的中学毕业鉴定中，写有这样的评语：该学生性格正直，富有正义感。责人宽，克己严……

在我离开兵团连队的鉴定中，也写有这样的评语：该同志性格正直，富有正义感，要求自己严格……

在我从复旦大学毕业的鉴定中，还写有这样的评语：性格正直，有正义感，希望早日入党……十六位同学集体评定，连和我矛盾极深的同学，亦不得不对这样的评语点头默认……

在我离开北影的鉴定中，仍写有这样的评语：正直，正派，有正义感，对同志真诚，勇于做自我批评。

我不是演员。演员亦不可能从少年到青年到成年，二十多年表演不是自己本质的另一个人到如此成功的地步！我看重“正直、正派、真诚”这样的评语，胜过其他一切好的评语。这三点是我做人的至死不渝的准则。我牢牢记住了家母的训导，我对得起母亲！我尤其骄傲的是在我较长期生活和工作过的任何地方，包括一直不能同我和睦相处的人，亦不得不对我的正直亦敬亦畏。我从不阿谀奉承，从不见风使舵。仅以北影为例，我与历届文学部主任拍过桌子，“怒发冲冠”过，横眉竖目过，但他们之中的绝大多数，如今都是我的“忘年交”。我调走得那么突然，他们对我依依不舍，惋惜我走前没入党。早在几年前，老同志们就对我说：“晓声，写入党申请书吧，趁现在我们这些了解你的人还在，你应该入党啊！你这样的年轻人入党，我们举双手！有一天我们离休了，只怕难有人再像我们这么信任你了！”党内的同志们，甚至要在我走前，召开支部会议，“突击”发展我入党。是我阻止了。连刚刚到北影不久的厂长宋崇，对此也深有感慨。

我愿正直、正派、真诚、正义这些评语，伴我终生。人能活到这样，才算不枉活着！

人在今天仍能获得这些，当然也是一种幸福！所以我又有理由说，我活得还挺幸福。

最主要的，我自己认为是最主要的，我已并不惭愧地得到了，其他便是次要的、无足轻重的。

我对自己的做人极满意。

我是不会变的。真变了的是别人。一种类似文痞、流氓的行径，我看到在文坛在社会挺有市场。

我蔑视和厌恶这一现象。

真的文坛之丑恶，其实正是这一现象。

我将永久牢记家母关于做人的训导——做竹须空，做人须直……

好母亲应该有好儿子，反之是人世间大孽。

就是这样。

给自己的头脑几分尊重

读过《安娜·卡列尼娜》这一部名著的人，必记得开篇的两句话："幸福的家庭是相似的，不幸的家庭各有各的不幸。"

这两句话，在中国也早已是名言了。最近我因授课要求，重新翻阅该书某些片段。掩卷沉思，开篇的这两句，仍是全书中最令我联想多多的话。

曾有学生问我：为什么这两句话会成为名言？

我的回答是：首先，《安娜·卡列尼娜》成了名著。这个前提很重要。

学生又问：如果《三国演义》没有成为名著，"凡天下大事，分久必合，合久必分"就不成为名言了吗？如果范仲淹的《岳阳楼记》没有成为名篇，"先天下之忧而忧，后天下之乐而乐"就不成为名句了吗……

当然，还可以举出另外许多例子。名言名句不仅出现在小说中、诗词中、歌赋中，也出现在戏剧中、电影电视中，甚至，还出现在法庭诉讼双方的答辩中，出现在演讲中的更是举不胜举……

关于《安娜·卡列尼娜》这一部小说，托尔斯泰曾写下过三十几段开篇的文字，最后才选择了“幸福的家庭是相似的，不幸的家庭各有各的不幸”这两句话。据说，倘用俄语来朗读这两句话，会有诗一般的语韵。这大概也是俄国人特别认同托尔斯泰的原因吧。

我的回答究竟使我的学生满意了没有，进而使自己满意了没有？不是这里非要交代清楚的。

我想强调的其实是这样一种思想——喜欢提问题的人一定是喜欢思考问题的人。人类倘不喜欢思考，那我们至今还都是猴子。历史上有人骂项羽“沐猴而冠”，正是恨他遇事不动脑子好好想一想。

窃以为——错误的思想是相似的，正确的思想各有各的正确。

当然，正确和错误是相对的，姑妄言之而已。

这里所说“错误的思想”，确切地说，是指种种不良的甚至邪恶的思想。比如：以为损人利己天经地义；以为仗势欺人天经地义；以为不择手段达到沽名钓誉之目的天经地义，于是心安理得，皆属不良的邪恶的思想。是的，在我看来，这样的一些思想是相似的。它们的共同点乃是——夜半三更，扪心自问，有时候还是怕遭天谴的。谢天谢地，迄今为止，这样的一些思想从来不是大众思想的主流。比如“无毒不丈夫”一句话，你不能不承认它也意味着一种思想。然而真的循此思想行事的人，其实是很少很少的。何况此话原本似乎是“无度不丈夫”——果真如此，恰恰是提醒人要善于思考。

迄今为止，人类头脑中产生的大部分思想，指那类被我们大部分人所能接受的、认同的，以指导我们行为和行动的后果来判断，是对社会进步有益的那样一些思想，它们不应只是少数人头脑中产生的思想，而应是我们大多数人，甚至每一个人头脑中都会产生的思想。

我们中国人依赖别的少数人的头脑为我们提供有益的思想——实在是依赖得太久太久了。而这几乎使我们自己的头脑的思考能力变得有点儿退化了。

这意味着我们对于自己的头脑失去了尊重。

现在这个现象似乎也在全球化。有个美国学者写了一本书，叫《娱乐至死》，说的就是大家都远离思考，都进入了娱乐状态，从生下来就开始娱乐，一直娱乐到死。他认为，人类的思想和文化并非窒息于专制，而是死于娱乐。这实在是非常智慧的警世之论。窃以为——不智慧的人是相似的，智慧的人各有各的智慧。

我们需要将我们每个人对于自己的头脑的尊重意识重新树立起来。我们将会发现——正确的思想不但是人类思想的主流，正确的思想不但各有各的正确，而且也经常形成于我们自己的头脑之中。

给自己的头脑几分尊重——于是，我们不仅仅只是思想的被动的接受者，也能是思想的主动的提供者了。

给自己的头脑几分尊重——于是，我们明白了这样一个道理——别人的头脑里产生的别种的思想，只要不是邪恶的，也是必须予以尊重的。

给自己的头脑几分尊重——于是，我们明白这样一个道理——即使我们确信自己头脑里产生的思想是正确的、睿智的，即使别人也这样公认，那也只不过是关于世相，甚至是关于一件事情的许多种正确的、睿智的思想之一而已。

给自己的头脑几分尊重——非但不能使我们因而变得狂

妄自大，恰恰相反，将使我们变得更加谦逊和更加温良，因为我们的头脑里会产生出对我们的修养有要求的思想。

给自己的头脑几分尊重——将使我们在对待人生、事业、名利、时尚、爱情、亲情、友情等方面，不再一味只听前人和别人怎么阐释、怎么宣讲，而也有自己的独立的见解了。

我们难道不是都清楚这样一种关于世事的真相吗？——别人用别人的思想企图说服我们往往是不那么容易的；只有自己说服了自己，自己才是某种思想的信奉者。这世界上没有不长叶子的根和茎。我们的头脑乃是我们作为人的“根”，我们认识世界的愿望乃是我们作为人的“茎”。我们既有“根”亦有“茎”，那为什么不让它长出思想的叶子来呢？

给自己的头脑几分尊重——我们因而发现，不但人类的社会，连整个世界都需要我们这样；我们因而感受到，不但人类的社会，连整个世界都少了某些荒诞性，多了几分合理性。

给自己的头脑几分尊重——我们因而发现，娱乐使我们同而不和，思考使我们和而不同。

给自己的头脑几分尊重——我们将会发现，思考的过程、产生思想的过程是一个非常快乐的过程。这种快乐是其他快乐所无从取代的。

给自己的头脑几分尊重——我们将因而活得更像个人、更愉快、更自然……

与欲望兵团打成平手的一辈子

人生伊始，原本是没有什么欲望的。饿了、渴了、冷了、热了、不舒服了，啼哭而已。那些都是本能，啼哭类似信号反应。人之初，宛如一台仿生设备——肉身是外壳，五脏六腑是内装置，大脑神经是电脑系统。而且连高级“产品”都算不上的。

到了两三岁时，人开始有欲望了。此时人的欲望，还是和本能关系密切。因为此时的人，大抵已经断奶。既断奶，在吃喝方面，便尝到过别种滋味了。对口感好的饮食，有再吃到、多吃到的欲望了。若父母说，宝贝儿，坐那儿别动，给你照相呢，照完相给你巧克力豆豆吃，或给你喝一瓶“娃哈哈”……那么两三岁的小人儿便会乖乖地坐着不动。他或她，对照不照相没兴趣，但对巧克力豆豆或“娃哈哈”有美好印象。那美好印象被唤起了，也就是欲望受到撩拨，对他或她发生意识作用了。

在从前的年代，普通百姓人家的小小孩能吃到能喝到的好东西实在是太少了。偶尔吃到一次喝到一次，印象必定深刻极了。所以倘有非是父母的大人，出于占便宜的心理，手拿一块糖或一颗果子对他说：“叫爸，叫爸给你吃！”他四下瞅，见他的爸并不在旁边，或虽在旁边，并没有特别反对的表示，往往是会叫的。

小小的他知道叫别的男人“爸”是不对的，甚至会感到羞耻。那是人的最初的羞耻感，很脆弱的。正因为太脆弱了，遭遇太强的欲望的挑战，通常总是很容易瓦解的。此时的人跟动物是没有什么大区别的。人要和动物有些区别了，仅仅长大了还不算，更需看够得上是一个人的那种羞耻感形成得如何了。

能够靠羞耻感抵御一下欲望的诱惑力，这时的人才能说和动物有了第一种区别。而这第一种区别，是人和动物之间的最主要的一种区别。

这时的人，已五六岁了。五六岁了的人仍是小孩，但因为他小小的心灵之中有羞耻感形成着了，那么他开始是一个人了。

如果一个与他没有任何亲爱关系可言的男人如前那样，

手拿一块糖或一颗果子对他说："叫爸，叫爸给你吃！"那个男人是不太会得逞的。如果这五六岁的孩子的爸爸已经死了，或虽没死，活得却不体面，比如在服刑吧——那么孩子会对那个男人心生憎恨的。

五六岁的他，倘非生性愚钝，心灵之中则不但有羞耻感形成着，还有尊严形成着了。对于人性、羞耻感和尊严，好比左心室和右心室，彼此联通。刺激这个，那个会有反应；刺激那个，这个会有反应。只不过从左至右或从右至左，流淌的不是血液，而是人性感想。

挑逗五六岁小孩的欲望是罪过的事情。在从前的年代，无论城市里还是农村里，类似的痞劣男人和痞劣现象，一向是不少的。表面看是想占孩子的便宜，其实是为了在心理上占孩子的母亲一点儿便宜，目的若达到了，便觉得类似意淫的满足……

据说，即使现在的农村，那等痞劣现象也不多了，实可喜也。

接着还说人和欲望的关系。

五六岁的孩子，欲望渐多起来。欲望说白了就是"想要"，而"想要"是因为看到别人有。对于孩子，是因为看到别的孩子有。一件新衣，一双新鞋，一种新玩具，甚或仅仅是别的孩子养的一只小猫、小狗、小鸟，自己没有，那想要的欲望，都将使孩子梦寐以求，备受折磨。

记得我上小学的前一年，母亲带着我去一位副区长家里，请求对方在一份什么救济登记表上签字。那位副区长家住的是一幢漂亮的俄式房子，独门独院，院里开着各种各样赏心悦目的花儿；屋里，墙上悬挂着俄罗斯风景和人物油画，这儿那儿还摆着令我大开眼界的俄国工艺品。原来有人的家院可以那么美好，我羡慕极了。然而那只不过是起初的一种羡慕，我的心随之被更大的羡慕涨满了，因为我又发现了一只大猫和几只小猫——它们共同卧在壁炉前的一块地毯上。大猫在舔一只小猫的脸，另外几只小猫在嬉闹，亲情融融……

回家的路上，母亲心情变好，那位副区长终于在登记表上签字了。我却低垂着头，无精打采，情绪糟透了。

母亲问我怎么了。

我鼓起勇气说："妈，我也想养一只小猫。"

母亲理解地说："行啊，过几天妈为你要一只。"

母亲的话像一只拿着湿抹布的手，将我头脑中那块"印象黑板"擦了个遍。漂亮的俄式房子、开满鲜花的院子，俄国油画以及令我大开眼界的工艺品全被擦光了，似乎是我的眼根本就不曾见过的了。而那些猫的印象，却反而越擦越清楚了似的……

不久，母亲兑现了她的诺言。

而自从我也养着一只小猫了，我们的破败的家，对于学龄前的我，也是一个充满快乐的家了。

欲望对于每一个人，皆是另一个“自我”，第二“自我”。它也是有年龄的，比我们晚生了两三年而已。如同我们的弟弟，如同我们的妹妹。如果说人和弟弟妹妹的良好关系是亲密，那么人和欲望的关系则是紧密。良好也紧密，不良好也紧密，总之是紧密。人成长着，人的欲望也成长着。人只有认清了它，才能算是认清了自己。常言道：“知人知面难知心。”知人何难？其实，难就难在人心里的某些欲望有时是被人压抑住的，处于长期的潜伏状态。除了自己，别人是不太容易察觉的。欲望也是有年龄阶段的，那么当然也分儿童期、少年期、青年期、中年期、老年期和生命末期。

儿童期的欲望，像儿童一样，大抵表现出小小孩的孩子气。在对人特别重要的东西和使人特别喜欢的东西之间，往往更青睐于后者。

当欲望进入少年期，情形反过来了。

伊朗电影《小鞋子》比较能说明这一点：全校赛跑第一名，此种荣耀无疑是每一个少年都喜欢的。作为第一名的奖励，一次免费旅游，当然更是每一个少年喜欢的。但，如果丢了鞋子的妹妹不能再获得一双鞋子，就不能一如既往地上学了。作为哥哥的小主人公，当然更在乎妹妹的上学问题。所以他获得了赛跑第一名后，反而伤心地哭了。因为获得第二名的学生，那奖品才是一双小鞋子……

明明是自己最喜欢的，却不是自己竭尽全力想要获得的；自己竭尽全力想要获得的，却并不是为了自己拥有……欲望还是那种强烈的欲望，但“想要”本身发生了嬗变。人在五六岁小小孩时经常表现出的一门心思的我“想要”，变成了表现在一个少年身上的一门心思的我为妹妹“想要”。于是亲情责任介入欲望中了。亲情责任是人生关于责任感的初省。人其后的一切责任感，皆由而发散和升华。发散遂使人生负重累累，升华遂成大情怀。有一个和欲望相关的词是“知慕少艾”。一种解释是，引起羡慕的事多多，反而很少有哀愁的时候了。另一种解释是，因为“知慕”了，所以虽为少年，心境每每生出哀来了。我比较同意另一种解释，觉得更符合逻辑。比如《小鞋子》中的那少年，他看到别的女孩子脚上有鞋穿，哪怕是一双普普通通的旧鞋子，那也肯定会和自己的妹妹一样羡慕得不得了。假如妹妹连做梦都梦到自己终于又有了一双鞋子可穿，那么同样的梦他很可能也做过的。一双鞋子，无论对于妹妹还是对于他，都是得到实属不易之事，他怎么会反而少哀呢？

我这一代人中的大多数，在少年时都曾盼着快快成为青年。

这和当今少男少女们不愿长大的心理，明明是青年了还自谓“我们男孩”“我们女孩”是截然相反的。

以我那一代人而言，绝大多数自幼家境贫寒，是青年了就意味着是大人了。是大人了，总会多几分解决现实问题的能力了吧？对于还是少年的我们那一代人，所谓“现实问题”，便是欲望困扰，欲望折磨。部分因自己“想要”，部分因亲人“想要”。合在一起，其实体现为家庭生活之需要。

所以中国民间有句话是——穷人的孩子早当家。早当家的前提是早“历事”，早“历事”的意思无非就是被要求摆正个人欲望和家庭责任的关系。

这样的一个少年，当他成为青年的时候，在家庭责任和个人欲望之间，便注定了每每地顾此失彼。

就比如求学这件事吧，哪一个青年不懂得要成才，普遍来说就得考大学这一道理呢？但我这一代中，有为数不少的人当年明明有把握考上大学，最终却自行扼杀了上大学的念头。不是想上大学的欲望不够强烈，而是因为是长兄，是长姐，不能不替父母供学的实际能力考虑，不能不替弟弟妹妹考虑他们还能否上得起学的问题……

当今的采煤工，十之八九来自农村，皆青年。倘问他们每个人的欲望是什么，回答肯定相当一致——多挣点儿钱。

如果他们像孙悟空似的是从石头缝里蹦出来的，除了对自己负责，不必再对任何人怀揣责任，那么他们中的大多数也许就不当采煤工了。干什么还不能光明正大地挣几百元钱自给自足呢？为了多挣几百元钱而终日冒生命危险，并不特别划算啊！但对家庭的责任已成了他们的欲望。

他们中有人预先立下遗嘱——倘若自己哪一天不幸死在井下了，生命补偿费多少留给父母做养老钱，多少留给弟弟妹妹做学费，多少留给自己所爱的姑娘，一笔笔划分得一清二楚。

据某报的一份调查统计显示——当今的采煤工，尤其黑煤窑雇用的采煤工，独生子是很少的，已婚做了丈夫和父亲的也不太多。更多的人是农村人家的长子，父母年迈，身下有少男少女的弟弟妹妹……

责任和欲望重叠了，互相渗透了，混合了，责任改革了欲望的性质，欲望使责任也某种程度地欲望化了，使责任仿佛便是欲望本身了。这样的欲望现象，这样的青年男女，既在古今中外的人世间比比皆是，便也在古今中外的文学作品中屡屡出现。

比如老舍的著名小说《月牙儿》中的“我”，一名二十世纪四十年代的女中学生。“我”出生于一般市民家庭，父母供“我”上中学是较为吃力的。父亲去世后，“我”无意间发现，原来自己仍能继续上学，竟完全是靠母亲做私娼。母亲还有什么人生欲望吗？有的。那便是——无论如何也要供女儿上完中学。母亲于绝望中的希望是——只要女儿中学毕业了，就不愁找不到一份好工作，嫁给一位好男人。而只要女儿好了，自己的人生当然也就获得了拯救。说到底，她那时的人生欲望，只不过是再过回从前的小市民生活。她个人的人生欲望，和她一定要供女儿上完中学的责任，已经紧密得根本无法分开。正所谓“皮之不存，毛将焉附”。而作为女儿的“我”，她的人生欲望又是什么呢？眼见某些早于她毕业的女中学生不惜做形形色色有脸面有身份的男人们的姨太太或“外室”，她起初是并不羡慕的，认为是不可取的选择。她的人生欲望，也只不过是有朝一日过上比父母曾经给予她的那种小市民生活稍好一点儿的生活罢了。但她怎忍明知母亲在卖身而无动于衷呢？于是她退学了，工作了，打算首先在生存问题上拯救母亲和自己，然后再一步步实现自己的人生欲望。这时“我”的人生欲望遭到了生存问题的压迫，与生存问题重叠了，互相渗透了，混合了。对自己和对母亲的首要责任，改变了她心中欲望的性质，使那一种责任欲望化了，仿佛便是欲望本身了。人生在世，生存一旦成了问题，哪里还谈得上什么其他的欲望呢？“我”是那么的令人同情，因为最终连她自己也成了妓女……

比“我”的命运更悲惨，大约要算哈代笔下的苔丝。苔丝原是英国南部一个小村庄里的农家女，按说她也算是古代骑士的后人，她的家境败落是由于她父亲懒惰成性和嗜酒如命。苔丝天真无邪而又美丽，在家庭生活窘境的迫使之下，不得不到一位富有的远亲家去做下等用人。一个美丽的姑娘，即使是农家姑娘，那也肯定是有自己美好的生活憧憬的。远亲家的儿子亚雷克对她的美丽表现出了极大的兴趣，这使苔丝也梦想着与亚雷克发生爱情，并由此顺理成章地成为亚雷克夫人。欲望对于单纯的姑娘们，其产生的过程也是单纯的。正如欲望对于孩子，本身也难免地具有孩子气。何况苔丝正处于青春期，荷尔蒙使她顾不上掂量一下自己想成为亚雷克夫人的欲望是否现实。亚雷克果然是一个坏小子，他诱惑了她，玩弄够了她，使她珠胎暗结之后理所当然地抛弃了她。

分析起来，苔丝那般容易地就被诱惑了，乃因她一心想成为亚雷克夫人的欲望，不仅仅是一个待嫁的农家姑娘的个人欲望，也由于家庭责任使然，因为她有好几个弟弟妹妹。她一厢情愿地认为，只要自己成为亚雷克夫人，弟弟妹妹也就会从水深火热的苦日子里爬出来了……

婴儿夭折，苔丝离开了那远亲家，在一处乳酪农场当起了一名挤奶员。美丽的姑娘，无论在哪儿都会引起男人的注意。这一次她与牧师的儿子安杰尔·克亚双双坠入情网，彼此产生真爱。但在新婚之夜，当她坦白往事后，安杰尔却没谅解她，一怒之下离家出走……

苔丝一心一意盼望丈夫归来。而另一边，父亲和弟弟妹妹的穷日子更过不下去了。坐视不管是苔丝所做不到的，于是她在接二连三的人生挫折之后，满怀屈辱地又回到了亚雷克身边，复成其性玩偶。

当她再见到回心转意的丈夫时，新的人生欲望促使她和丈夫共同杀死了亚雷克。夫妻二人开始逃亡，幸福似乎就在前边，在国界的另一边。

然而在一天拂晓，在国境线附近，他们被逮捕了。

苔丝的欲望，终结在断头台上……

如果某些人的欲望原本是寻常的，而人在人间却至死都难以实现它，那么证明人间出了问题。这一种人间问题，即我们常说的“社会问题”。“社会问题”竟将某部分人那一种寻常的欲望锤击得粉碎，这该是人神共愤的。

倘政治家们明知以上悲剧，而居然不难过、不作为、不竭力扭转和改变状况，那么就不配被视为政治家，当他们是政客也还高看了他们……

但欲望将人推上断头台的事情，并不一概是由所谓“社会问题”而导致，司汤达笔下的于连的命运说明了此点。于连的父亲是市郊小木材厂的老板，父子相互厌烦。他有一个哥哥，兄弟关系冷漠。这一家人过的是比富人差很多却又比